JN307143

inoue yasushi

井上靖

講談社文芸文庫

目次

本覚坊遺文

現在、私の手許に、慶長、元和時代を生きた茶人が綴った手記がある。茶人というより茶湯者《ちやのゆもの》といった方がぴったりするかも知れない。和綴五帖、いずれも和紙二十枚ほどをぎっしりと細字で埋めてあって、独白体、日記体、メモ風、統一がないと言えば統一がないが、頗る自在な書き方をしている。

利休の弟子に三井寺《みいでら》の本覚坊《ほんかくぼう》なる者がいたが、あるいはその人物の手になるものではないかと思われる節がある。長く篋底《きょうてい》に蔵していたが、今やそれを私流の文章に改め、輻湊している部分は整理し、足らざるところは補い、全篇に亘って多少の考証的説明も加え、一篇の現代風の手記として披露してみたい気持、切なるものがある。手記には題はないが、仮りに「本覚坊遺文」と題しておく。

一章

——三井寺の、三井寺の……

脊の方からそういうお声がかかった時、私は気付かない風を装って、そのまま歩み去ってしまおうと思いました。明らかに〝三井寺の〟までは口に出していらっしゃいますが、名前の方はお忘れになっていらっしゃる。それで多少歩度を早めて、そのまま足を運びましたが、再度お声がかかりました。

——三井寺の……

御高齢にも拘らず、すぐあとをついていらっしゃるおみ脚の強いのに驚きました。すると、こんどは、

——三井寺の本覚坊とは違うか。本覚坊さんだろうが。

こうなると、失礼してそのまま歩み去ってしまうわけには参りません。立ち停まって六年振りの御挨拶となった次第でございます。本当にお懐かしゅうございました。もう八十

三歳になってな、と仰言《おつしや》いましたが、そうした御高齢にはお見受けできず、師利休在世時代と少しも変らぬ、紛れもない東陽坊さまでいらっしゃいました。

——寄って行きなされ。

その一言で、もう無抵抗でございました。真如堂の紅葉を、これも何年かぶりで見たくなり、ふらふらと山門をくぐり、何程も行かないうちにお眼に留まる仕儀と相成ったものと思われます。

茶室に坐らせて頂いたのは未ノ刻（午後二時）頃かと存じますが、それからお庭の植込み、蹲踞《つくばい》がすっかり闇の中に取り込まれてしまうまで、本当に時間の経つのも忘れて、楽しい、やはり楽しいと申すべきでありましょう、そのような心足りた半日を過ごさせて頂きました。

尊円法親王の六字名号《みようごう》の紙表装のお軸、伊勢天目の茶碗、決して茶室に松籟《しようらい》の音を絶やすことがないという御自慢の炉。師利休在世の頃、一度師のお供でこの茶室に坐らせて頂いたことがありますが、その時と何一つ変っておらず、まさしく侘数寄者《わびすきしや》として知られた東陽坊さまのお茶席でございました。そこで結構なお点前《てまえ》のお茶を頂き、夢の中に居るような思いでございました。

それからまた、師利休が東陽坊さまにお贈りした今焼茶碗をお取り出しになって、私の前にお置き下さいました。お心のこもった御配慮、ただただ有難く忝《かたじけな》く存じました。

久々で師利休の前に坐っているような思いでございました。懐ろの広い薄造りの、黒釉《くろぐすり》の美しい、何とも言えず上品なお茶碗を掌の上に載せたのは、何年ぶりのことでございましょう。作者長次郎が亡くなったのは、師利休他界の二年前、私は私なりにこの黒茶碗については多少の思い出も持っております。それがいまは東陽坊さまの御所持、嬉しいことでございます。

もう深更に及んでおります。真如堂南の、御隠棲後の御持坊の茶室を出、修学院在の己が住居に帰りまして、あとはずっと、今日思いがけずお目にかかってお話を承ったり、お話を申し上げたりしたことを、あれこれ反芻して自分独りの思いの中に入っております。申し上げるべきだったことで申し上げなかったこともありますし、お訊きしておくべきことで、お訊きしそびれたこともあります。またあのようにお答えしたが、本当はこうお答えすべきだった、それをどうしてあのようにお答えしてしまったのか、そういった思念の数々が今の私を取り巻いております。思いが千々に乱れるという言葉がありますが、今日あの茶室に坐らせて頂いた私は、久々で師利休とお親しかった方にお目にかかった心の昂《たか》ぶりもあって、やはり思いは千々に乱れていたのでございましょう。

――若いのにどうして身を匿《かく》してしまったのか。茶の道に入ったからには、茶で身を立てんことには、他に何の取得もなかろうが。

こう東陽坊さまはおっしゃいました。まことにその通りでございます。私ももう四十代の半ば、決して若いとは言えませんが、それはそれとしまして、どうして身を匿してしまったのかという御質問に対しては、結局私はお答えできませんでした。師利休に殉じて茶の世界から足を洗ったというような、それほど筋道の通ったものでもございません。生来不敏、師に殉じるほど茶に携わった者としての心構えも、覚悟もできてはおりません。

私は三井寺の末寺に育ちましたが、三十一歳の時、ふとした縁から師利休のお傍に侍するようになり、それからずっと茶の湯の裏方のような役を勤めさせて頂き、かたわら師のお傍で直《じ》き直《じ》き茶の訓《おし》えも受けて参りましたが、四十歳の時、師のあの賜死事件を迎えました。そのようなわけで茶の修行をしたと申しましても、茶人とか茶湯者と言うにはまだ遠く、筋の通った茶事に顔を出したことも、そう多いとは言えません。それでも師の身辺のお世話をしたり、茶事の手伝いなどをしておりましたお蔭で、世の表舞台に立って綺羅《きら》星のように輝いていらっしゃる方々からも、時には本覚坊とか、三井寺の本覚坊とか、親しくお声もかけて頂き、たまには茶事のお招きも受けたりして、何かと目をかけて頂いて参りました。

そうした私でございますが、それでも師晩年の茶事の一つに、ただ一人の客として迎えられたことがございました。終生の思い出であり、今振り返ってみましても、身も心も引き締まるのを覚えます。

天正十八年九月二十三日朝。聚楽第《じゅらくだい》屋敷の四畳半。師が死を賜る丁度半年前でございます。

古備前の花入に秋の野の花。

しりぶくら（尻膨）の茶入。

みしま（三島）茶碗を使い、よほう（四方）釜をかけ、ばけ物の水指という取り合せ。

お振舞はめしに汁、それにごぼうくずにという一汁一菜。

菓子はふのやきにやきぐり。

今考えますと師との名残りの茶事とでも言うほかなく、師が私のために設けて下さったものとしか思えません。一亭一客、心静かに、言葉少なに、私は師が点てて下さるお茶を頂きました。

茶の道を修行したと口幅ったいことは言えませんが、それにしましても、まだ茶の方には知人もあれば、多少なりとも身に着けたものもあります。が、そこから離れては、東陽坊さまが仰言る通り何の取得もございません。師利休亡きあとでも、生前師の門を叩いておられた方々にお縋りすれば、分相応の己が踏み込んだ道の活かし方もあったかと思います。実際にまたそのような声をかけて下さった方々もございました。

しかし、そうした御親切な申し出のすべてを辞退して、師のお屋敷の後始末が終ると、多少の縁故を頼って、修学院在に引込んでしまいました。別に生活の当てがあって引込んだわけではありませんが、いざ引込んでみますと、よくしたもので、前々から昵懇にしていた京の商家などから声がかかって、道具の目利き、その売買の相談、そうしたことでさして米塩の資に事欠くこともなく、今日まで過ごして来ております。

修学院の陋屋には茶室と言えるほどのものではありませんが、自分独りだけが坐ることのできる一畳半の席を設けております。今もその自分の席に坐って、初更からずっと独りの思いに揺られて、東陽坊さまとお話しているわけでございます。

――若いのにどうして身を匿してしまったのか。

また東陽坊さまのお声が聞こえて参ります。あの時すぐお答えしたかったのですが、それができませんでした。今でもどうお答えしたらいいか、どう申し上げたらいいか、自分で自分の心のうちを、あれこれ手探っているような始末でございますが、こういうことがありましたと、ありのまま申し上げてみることに致しましょう。これがお答えになる、ならないは別にしまして、私の見た夢のお話でございます。

師利休があのような御最期をとげられてから二十日ほど経った頃のことで、その時私は郷里の近江に帰っておりました。暁方見た夢でございます。

冷《ひ》え枯れた磧《かわら》の道が一本続いておりました。余人の誰もが踏み込めようとは思われぬ、一木、一草とてない、長い長い小石の道でございます。その時私は山崎の妙喜庵を出てから、ずいぶん長い間、この道を歩いて来た、そのような思いに入っておりました。

が、そのうちに冥界の道というのはこのような道ではないか、それでなくてどうして、このように魂の冷え上がる淋しい道がどこまでも続いているのであろうかと思いました。昼とも、夜ともさだかならぬ、幽かな明るさが漂っております。

その時ふと気付いたのですが、私からかなり離れた前方を、もう一人の人間が歩いております。すぐ師利休だと気付きました。ああ、自分は師のお供をしてこの淋しい道を、冥界の道を歩いているのだと思いました。

冥界の道であったら、それはそれで宜しかったと思います。ところが冥界の道ではなくて、その道がどうやら京の町に向かっていることを知りました。そうだ、いま自分は師のお供をして、聚楽第に向かっているのだと思いました。誰もが踏み込めない冷え枯れた磧の道は、やがて京の都に入って行くことでありましょう。それにしても、どうしてこのような冥界の道としか思われぬ道が京の町へ向かっているのか、それが解せぬ思いでした。

が、そうしている時、師利休は足を停めて、ゆっくりと私の方を振り向かれました。私がまだ付き随って来ていることをお確かめになったような、そんなその時の感じでした。

暫くすると、師はもう一度振り向かれました。こんどは、もうここから帰りなさい、そういうように私をお見詰めになりました。その時、私は素直に師のお気持に副《そ》って、ここから引返そうと思いました。引返した方がいいと思いました。それで師の方に深く頭を下げました。師に対するお別れの御挨拶でございます。

ここで夢は覚めました。私は寝床の上に起き上がって端座し、いつまでも頭を垂れておりました。夢の中で師に向かって頭を下げましたが、夢から覚めたあとも、師に向かって頭を下げ続けておりました。

寧ろ怖ろしさを感じたのは、夢から覚めてからでございます。冥界の道を歩くことはさほど怖くはありませんでしたが、その道が冥界ならぬ京の町のただ中を突切って、それから聚楽第の師のお屋敷まで続いていると思った時、――と申しますより、その冷え枯れた磧の道が、京の町のただ中を突切って聚楽第の中に入っている、そのことにどうして自分は今まで気付かなかったのかと思った時、瞬間、怖ろしさに魂を鷲摑みにされてしまいました。自分などがうかうかと踏み込めるような、そのような容易な道ではない、そういう思いでした。

まあ、このようなことがありまして、勿論このためばかりというわけではありませんが、何となく師のお姿がちらつく茶の世界から身を引くようになりました。こうなりますと、おかしなもので、生前の師とお親しかったどなたさまとも、お目にかかるのが疎ましく思われて参ります。お会いするよりお会いしないでいる方がいい、そういう気持もありまして、今日までどなたさまにも失礼を重ねて参りました。今年の一月、大徳寺の古渓さまが御他界になりましたが、古渓さまは利休居士参禅の師でもあり、利休の居士号をお選びになった方でもあります。師利休とはその生涯に亘って特別御昵懇な間柄にあり、それにあやかって私までが、多年親しくさせて頂いておりました。そのような方ですので、私としてはその御他界を知っていち早くお悔みにも参上せねばならず、御葬儀のお手伝いにも馳せ参じなければならぬ立場にありましたが、生前の師利休をお取り巻きになっていらっしゃった方々と顔を合わせるのを避けたいばかりに、そのすべてを不本意ながら失礼させて頂きました。心痛むことでございました。古渓さまの場合だけではなく、利休門の親しい方々の御不幸や御回忌にも、敢えて不義理を重ねて参りました。

このような歳月を経ました末に、今日計らずも東陽坊さまにお目にかかる仕儀と相成りました。お目にかかってみれば、ただただ、わけもなくお懐かしゅうございました。

今年は慶長二年、師利休御自刃から、いつか六年余の歳月が流れました。先きに師のお姿がちらつく茶の世界から身を引くようになったと申しましたが、それは茶の世界から身を引いたのであって、師利休から身を引いたわけではございません。修学院在に引籠ってから、寧ろ親しく師利休にお仕えしている思いでございます。日に何回か、師のお声も聞こえてきますし、こちらからも声をおかけしています。あの自由な、緩急自在とでも申しますか、大きくおおらかなお点前も拝見いたしますし、またそうしている折、時には、所詮茶というものは火と水のかかわり合いだ、そんなお声も聞こえて参ります。いろいろなことをお訊ねしますと、すぐそれに対するお答えも戻って参ります。

が、ただ一つ、いかなる時でもお答えの戻って来ない場合があります。夢の中でお歩きになっていた、あのこの世ならぬ道は、いかなる道であろうかとお訊ねした時でございます。いかなるお声も聞こえて参りません。生前にも時に、このようなことがありました。自分で考えるがいい、そんなことは他人に訊ねることではない。そういう場合は、質問をお耳に入れないようなお顔で、一言もお洩らしになりませんでした。夢の中のあの冷え枯れた長い長い磧の道のことも、それは自分で考えるのがいいということでございましょうか。

実際に、私にはあの夢の中で師がお歩きになっていた道のことが、この六年間、やはり心にひっかかっております。私が自分などの踏み込めるような、そんな容易な道ではないと思った、あの冷え枯れた道は何なのでございましょう。私が夢の中で師から引返しなさいと言われ、素直にお気持に副って引返したあの道は何なのでございましょう。

私が夢で見たあのような道を、師以外のどなたがお歩きになっているでしょう。どなたをあの道の上にお置きしてみても、ぴたりとそこに落着くことはありません。しかし、師はもうずっと長いこと、自分はこの道を歩いて来たのだ、そう仰言ってでもいるように、ぴたりとあの冷え枯れた磧の風景の中に収まって、静かにお歩きになっていらっしゃったと思います。失礼な言い方になりますが、東陽坊さまがお歩きになっている道も違うかと思います。現世に敷かれているあの冥界の道ではございません。しかし、師利休はあの道をお歩きになっていらっしゃった。なぜあのような道をおひとりでお歩きになっていたのでしょう。

師は生前、茶の湯の果ては枯れかじけて寒い境地にあるというようなことを仰言っておられましたが、あの道の持っているものは枯れかじけて寒いというようなものではなく、もっと暗く、淋しく、きびしいものでございます。こうしたことを考えておりますと、時の経つのも忘れ、思いを他に転ずることができなくなります。まあ、この辺で夢のお話は打ち切らせて頂きましょう。


——大徳寺の古渓和尚が亡くなられたのは暮だったか、それとも年が改まってからか。東陽坊さまはお訊ねになりました。

——一月半ばでございます。

私がお答えすると、

——わしはこのところもの覚えが悪くなっている。肝腎のことを忘れていかん。

こう仰言ってから、

——古渓和尚は、利休どのの御他界から六年ほど生きられたことになるかな。その古渓和尚も亡くなられた。いずれにしても古渓和尚の死によって、一つの時代は終った。お二人でそれぞれ片方の端を握っておられた一つの時代は終った!

実に感慨深そうにおっしゃいました。まことに一つの時代は終ったのでありましょう。私などにも何となくそのように感じられますので、古渓さまという方もきっとたいへんな方であったのでございましょう。すると東陽坊さまは続けて、

――乱世の茶も終った！

と、これまた感慨深そうに仰言いました。

――乱世の茶？

私がお訊ねしますと、

――そうではないか。茶室に入って茶を頂き、茶室を出ると戦場に向かう。そして戦場では合戦の中に身を投じて、討死して相果てる。そういう時代は終ってしまった。もう再びそういう時代はやって来ないだろう。利休どのに替って、織部《おりべ》どのの時代になる。既にもうなっているかも知れない。茶の形も変ってゆく。侘茶《わびちゃ》は本来の姿で置きたいが、そうは行かなくなる。

――でも、東陽坊さまがいらっしゃいます。

――そう言ってくれるのは有難いが、わしの場合は、残念ながら老先き幾許《いくばく》もない。ま、それはそれとして、利休どのの茶は凄かったな。茶人として他の誰もが持っていないものを持っていた。人間の型も並み外れて大きかった。茶に生命《いのち》を張っていた。茶人と名のつく者はたくさん居るが、千宗易に並ぶ者はなかった。それだけに烈しかった。烈しか

ったから、生命を全うすることはできなかった。死を賜った原因について、巷間いろいろ言われているが、結局のところは利休どの御自身が招いたことではなかったか。

そして、そうじゃないか、と念を押すように私の方へお顔をお向けになりましたが、私は黙っておりました。

——な、そうだろう。あの御気性では災難をお招きになる。昨年あたりから取沙汰されていることは、茶道具を高価に売り捌いて私利をほしいままにした、それが死を賜った原因だという。そうしたこともあったかも知れない。高価にでも捌かぬ限り、世の有象無象に、いい物をいいとして納得させることは難かしい。値段で示すのが一番手っとり早い。利休どのは茶の道具を身辺からお選びになっている。利休どのが目をつけ、お拾いになるものは、例外なくみんないい。茶の席に置いてみれば判る。天下一の目利きでいらっしゃる。そうした御自分がお選びになったものを、名だたる唐物の中に置いて、対等に伍させるには値段しかない。だから高い値段もおつけになる。長次郎の茶碗など、そうして茶の席に入るようになった。それからもう一つは、讒言《ざんげん》によって御不幸を招いたという噂。それもあるだろう。讒言しそうなのはたくさん居る。小人は養い難い。その小人のために謀られたということもあるだろう。充分考えられることだ。妥協なさらぬ御気性なので、たくさんの敵はあった。それから、もう一つ、何だったかな。

——大徳寺の山門事件ですか。

──ああ、そうか、巷間でいろいろ噂されているようだが、あれは利休どのの知ったことではない。古渓和尚も知らぬことだろう。大徳寺の誰かが犯した愚かな過ちだ。利休どのも、古渓和尚も、あんな莫迦なことは考えぬ。わしが太鼓判を捺す。利休どのは茶室以外のところにはお坐りにならぬ。所もあろうに寺の山門の上などに、お立ちになったり、お坐りになったりするか！　侘数寄常住《わびすきじようじゆう》の利休どのが。──この辺でやめる。このところ腹を立てていかん。腹を立てるとひっくり返る。ひっくり返ると、この世におさらばじゃ。

本当にひっくり返りかねない御見幕でした。が、私としましては久々に気持がすっきり致しました。師利休の賜死事件についての巷間の噂を耳にする度に、何とも言えず厭な救いのない思いにさせられていましたが、東陽坊さまに烈しい言葉で師利休をおかばい頂いて、すっかり気持の晴れる思いでした。それはそれと致しまして、東陽坊さまのお話の最後の方に、耳慣れぬ言葉が一つ嵌め込まれていたのが気になりました。

──いま、お話の中に侘数寄何々というお言葉が出ましたが、……

こうお訊ねしますと、

──侘数寄常住か。この言葉は、わしが利休どのより頂戴したものだ。わしは世間から、尊円法親王の軸と、伊勢天目茶碗しか持っていない素寒貧《すかんぴん》の変人坊主と見られているようだが、どうしてどうして、まだ他にも歴としたものを持っている。先刻見て貰った長次郎の今焼茶碗、それからもう一つ、これも利休どのより拝領した京釜の新作、毛切りの筒釜。御所望ならお見せするが、おそらくそこもとは旧知の間柄だろう。利休どのから頂いたもので、この二つは形あるものだが、他にもう一つ、形のないものを拝領している。〝侘数寄常住〟という言葉である。お亡くなりになる前年、茶の湯の秘伝についてお訊ねしたことがあった。その時、利休どのは、茶の秘伝などというもののあろう筈はないが、どうしても秘伝に執心するというのであれば、さしずめ〝侘数寄常住、茶之湯肝要〟とでも答えるほかあるまい。先年、昵懇の茶の湯執心の知人への書面に、この十文字を認《したた》めて送ったことがある。このようなことを利休どのは言われた。

筒釜の方は格別師利休がお好みになったもので、私も何回か目にしておりますが、〝侘数寄常住〟の方は、初めて耳にする言葉でした。東陽坊さまは更にお話をお続けになりました。

――侘数寄常住、つまり茶の心は四六時中、寝ても覚めても心から放してはいけない。茶之湯肝要、茶を点てることもまた大切である。こういう意味であろうかと思う。茶之湯肝要の方は守れるが、侘数寄常住となると、難しい。まず至難と言っていい。これほど恐ろしい自戒の言葉はないが、利休どのはこれを心掛け、その心掛けを四六時中、お放しにならなかったと思う。自刃なさる最後の瞬間までお放しになっていなかったのではないか。

それからいったん言葉をお切りになってから、多少語気荒く、
――それだけの方が、どうして私利を貪ろうと思って道具を売るか。それだけの方が、どうして寺の山門などに己が彫像を立てようと思うか。――もうこの辺でやめよう。また腹が立って来る！

私は師利休にこのような力強いお味方があると知った時、激情を押えることはできませんでした。今日東陽坊さまにお目にかかって、本当によかった！　師のためにも、自分のためにも。そういう思いを嚙みしめながら、一言も口から出さず、面《おもて》を伏せ、涙の出ようとするのを耐えておりますと、

――気分直しに、こんどは三井寺の本覚坊の点前で一服頂こうか。

そういう東陽坊さまのお声が聞こえて参りました。私は一礼して、静かに座を立ちました。

茶を大服に点てて飲み廻しにすることは、東陽坊さまがお始めになり、それを師利休がお取り上げになったと聞いております。それでひと頃、御本人の東陽坊さまがご存じかどうかは知りませんが、私たちの間では茶を大服に点てることを〝東陽に仕る〟などと申したものでございます。そのことを思い出し、私もまたこの場合、東陽に仕らして頂きました。そして茶碗は私から東陽坊さまのお手許に、そして東陽坊さまから私の許に戻りまし

た。

お茶を戴いてから確かに気分は変りました。話題もいつか、立場、年齢こそ違え、同じ利休門であった二人だけの間に通ずる密《ひそ》やかな、打ちとけたものになりました。

——利休どのは茶碗も小振り、茶杓も細身のものをお用いになった。あれはお体が大きかったからだと思う。直接お訊ねしたわけではないが、わしはそう思っている。さんざんお考えになっての上のことだと思う。茶碗の大きさに合わせて茶杓の大きさも計算しておられた。茶碗の大きさの方は、畳の目で計っている。

東陽坊さまはおっしゃいました。なるほど、そうであろうと思いました。なるほど、そうであろうと思うのは、今日の私でありまして、当時は、師は小振りの茶碗、細身の茶杓がお好きなのだ。そのくらいにしか受取ってはおりませんでした。

——何と言っても、抜群の点前だった。自由で、大きく、けち臭いところは微塵もなかった。ただ拝見しているだけで、心は和み、しずまった。緩急自在、流れるような点前であった。余人はあのようにはゆかぬ。天成のものと言いたいが、やはり御自分で工夫して作られたものだと思う。

それからまた、

——利休どのの茶には、刀なしで勝負しようというところがあった。と言って、それでは教養で行きましょうというのではない。やはり教養なしで勝負しようというところも、同様にあった。つまり裸の人間の勝負ということになる。

東陽坊さまにそのように言われてみると、思い当るふしがたくさんございます。師利休の茶は、おそらくそのようなものであったに違いないと思います。

――こういう宗匠であれば、災禍は向うからやって来る。

このお言葉に対して、私は口を差し挟みました。

――しかし、師は敬語を使うべき相手にはいつも敬語を使っておりました。きちんと礼儀を守らなければならない時には、きちんと礼儀を守っていらっしゃいました。そういう点には、いささかのそつがあろうとは思われません。

すると、東陽坊さまは、

――もちろん、そつはない。小身の大名であろうと、相手が大名であれば、大名としての礼をつくしている。まして太閤さまには、茶碗一つの措置にも充分気を遣っておられたと思う。太閤さまにお茶を差し上げたあとでないと、それを内弟子に与えるようなことはなさらなかった。先ず太閤さまと、太閤さまをお立てしてからでないと、茶碗一つ、茶杓一本、勝手に取りしきるようなことはなさらなかった。

それから、ちょっと御思案なさってから、

――それでも御勘気に触れた！　いや、それだからこそ、御勘気に触れた！　と言うべきか。

とおっしゃいました。話題は自然にこの辺りから、誰もが口に出せない、そしてまた誰にも見当のつかない問題へと入って行きました。東陽坊さまも、私も、巷に流れている取沙汰は取沙汰として、もう少しその奥にあるもの、師利休を拉し去った黒々とした潮の渦のようなものを覗けるなら覗いて、自分を納得させておきたい気持がありました。いろいろお話した挙句に、

——それにしても、何か心当りのようなものは？

そういう東陽坊さまのお言葉に対して、

——心当りといったものはございません。ただ、あとになって考えることですが、あの事件の起こる前の何日か、師には平生の師と多少お変りになっていたところがあったかも知れないと思います。慌しく大徳寺に古渓さまをお訪ねになったり、大徳寺からお帰りになればなったで、これまた慌しく御書面を古渓さまにお届けになったり、そういうところが異常と言えば、異常であったかと思われます。それからまた細川三斎さまへの御書面も頻繁であったように記憶しております。もしそのようなことが事件に関係しているとすれば、少くとも古渓さま、細川さまのお二方は、どのような事件がどのようにして起こり、どのように進んで行ったか、その辺の事情には通じておられたのではないでしょうか。もちろん、これは私がただそのように推測するだけのことでございますが。

私がこう申し上げると、

──その古渓和尚は亡くなってしまった。細川三斎さまはあのように強毅な御気性、こと利休どのに関する限り、一言半句も口からお漏らしになることはないだろう。もう一人、事件がいかなるものか御存じの方があるとすれば、それは古田《ふるた》織部《おりべ》さまか。

ここで言葉をお切りになって、ちょっと御思案なさってから、

──事件がいかなるものか、わしには見当もつかないが、一つだけ判っていることがある。利休どのは追放のお言い渡しを受けて、すぐ堺にお立ちになったが、少くともその時に於ては、利休どのは堺に行って謹慎している間にお上のお憤りも解けて、再び京へ帰れるものとお考えだったと思う。最近、耳に入れた話だが、あの日、三斎さま、織部さまのお二人は、淀の船乗り場まで利休どのをお送りしている。わしに話してくれた人は、さすがは三斎、織部のお二方だと、そのことをいたく褒めていた。褒めてもいい。誰もができることではない。だが、わしは、二人にしても利休どのが再び京へ帰る日があると思えばこそ、淀までお送りしたと思う。そうでなかったら、なかなかどうして、太閤さまのお怒りに触れて死所に向う人間は見送れぬ。そうではないか。そんなことができる者は、この世広しと雖も一人もないだろう。そう考えれば、あの時期では利休どのの死はまだ決まってはいなかった。死が決まったのは堺に行ってからだと思う。

このお話をお聞きして、私は堺に降る容易ならぬ日の師利休を、淀川の船乗り場までお送りしたお二方を羨しく思いました。私もお見送りできるならお見送りしたかったと思い

ました。確かに東陽坊さまが仰言るように、師利休が再び京へ帰る日があるという見透しがあればこそ、お二方もお送りなされたのかも知れません。しかし、それにしても、やはり堺に向かう師を励まし、もう少しの御辛抱ですよという、お二方の気持もあったと思います。師はそうしたお二方のお心尽くしを、どのようにお悦びだったことでございましょう。

それはそれとして、その時の三斎、織部のお二方のお気持がどうであれ、いまになって考えてみますと、その時がお二方の師利休との最期のお別れ以外の何ものでもなかったということになります。その時三斎さまも、織部さまも、師利休とお別れになったのでございます。

東陽坊さまが言葉をお切りになったあと、私の瞼の上には堺に降る船の中にお坐りになっていらっしゃる師利休のお姿がありました。私はお見送りできませんでしたが、もしお見送りできたら、その時眼に収めたに違いない師のお姿がありました。三斎、織部のお二方がどのような送り方をなされたかは存じませんが、とにかく次第に遠ざかって行くお二方の方へ顔をお向けになっていらっしゃる船の中の師のお姿が、はっきりと眼に見えるように瞼の上にありました。師はどのようなお気持で船の中に坐っていらっしゃったのでしょう。お二人の武門の方は、やがてまた遠からずお目にかかれる師利休をお送りになっていたかも知れませんが、師の方のその時のお気持は、そうしたお二人の気持とは、かなりかけ離れたものではなかったかと思います。私にはその時の師が何もかも、やがて自分を見舞ってくる運命まで見透されて、黙って船の中に坐っていらっしゃったのではないか、そう思われてなりません。もしそうだとすれば、その時師の方は三斎、織部のお二方に最後のお別れをなさっていらっしゃったに違いないと思います。

こうしたことを自分の考えとして、東陽坊さまに申し上げました。すると、そういうことはないだろう、というお声が戻って参りました。

――いや、そういうことはないだろう。利休どのも遠からず再び京へ戻る日のあることを、心の中ではちゃんと納得していらっしゃったと思う。あれだけの方が、そのようなことがお判りにならぬ筈はない。三斎、織部のお二人が自分を送ってくれるということは、とりもなおさず太閤さまのお怒りも近く解け、遠からず自分も再び京へ呼び返されるようになる。そういうことを意味している以外の何ものでもない。利休どのはそのようにお受けとりになっていたに違いないと思う。そればかりでなく、太閤さまのお怒りがどのようなものか、そのお怒りの程度までお読みになっていたかも知れない。実際にまた三斎、織部お二人の見送りは太閤さまの御内意を受けてのことだと考えられぬこともない。堺には追放するが、頃合を見て、二人が間に立って執り成すよう、こういう太閤さまのお気持もあったかも知れない。ないとは言えない。充分考えられることだ。いろいろな考え方はできるが、そうしたことのすべてが、余人ならいざ知らず、利休どのにお判りにならぬ筈はない。――が、ただ事実はそのようには運ばれなかった。利休どのは京へお帰りになることはなく、この時の堺行きは死へのお旅立ちになってしまった。どうしてこのようなことになったかは知らぬが、このように事態を捻じ曲げてしまった問題は、その後に起こっている。利休どのが堺にお移りになってから起こっている。が、それはそれとして、二人の武門の弟子の見送りを受けられた時の利休どのは、それほど差し迫ったお気持ではなかったと思う。

私は東陽坊さまがお話になっていらっしゃる間も、二十何日後に迫っている容易ならぬ運命を予見していらっしゃる師利休のお顔を、別のものに置き替えることはできませんでした。東陽坊さまのお話の中にあるなんとも言えない不気味なものが、そうした私の気持を一層動かないものにしていました。そうではありませんか、一方には生殺与奪の権を持っている太閤さまがいらっしゃいます。それからその御内意を受けている、いないは別にして、師利休の京への復帰をお信じになって、わざわざ淀の船乗り場まで出向いて来ていらっしゃる三斎、織部のお二方、そしてそのお見送りを受けて堺へ降る船の中に端坐していらっしゃる師利休。たとえ三斎、織部のお二方が事件をどのように見ていらっしゃろうと、すべては太閤さまのお心ひとつにかかっていることでございます。その太閤さまのお心の内は誰にも判りません。お心の動き一つで事態はどのようにでも変って行きます。なんと師利休のお立場の不安定なこと。

私は東陽坊さまにお言葉を返すことになるので、自分の考えはそれ以上申し上げませんでしたが、あの時、やはり師利休は、何もかも、己が死の運命まで見透されて、黙って船の中に坐っていらっしゃったに違いないと思います。このようなこの日のために、師はその生涯を茶というものにお賭けになっていたのではないか、そう思われてなりません。当っているか、いないかは判りませんが、これが、生前の師にお傍近く仕え、今もまた毎日のように師にお仕えしている私の、三井寺の本覚坊の、淀川べりに繰り拡げられた六年前のある日のふしぎな一情景に対する見方であり、解釈であります。

それからまた、このことも東陽坊さまには申し上げませんでしたが、私の瞼の上にある淀川を降る船の中で端坐していらっしゃる師利休のお顔は、私には初めてのものではありませんでした。全く同じお姿とお顔を、私はもう一度瞼の上に載せております。

天正十六年九月に、師利休の聚楽屋敷の四畳半の茶室で、大徳寺の春屋和尚を正客とする茶事が開かれたことがあります。そう、九月四日の朝の茶事でございます。客は春屋和尚の他に、古渓、玉甫のお二方、申し上げるまでもなく大徳寺の法燈をお守りになる錚々たる方々であります。

この茶事は近く流罪によって九州にお旅立ちになる古渓さまを送る、謂ってみれば古渓和尚送別の茶事でございました。古渓さまが、いかなることで太閤さまの御機嫌を損じたかは、私などに判ろう筈はありませんが、人の噂では天正寺の建立に当って、石田三成さまとの間がうまくゆかず、それが原因になっているとのことでありました。

いずれにせよ、太閤さまのお怒りに触れて西国へ流される人のために開かれた茶事でありますので、すべては人目につかぬように、隠密に、内々で執り行われました。この茶事のことは、おそらく東陽坊さまのお耳にも入っていないのではないかと思われます。

座敷は御存じのように東向きの四畳半、北側に下地窓、東のくぐりの上にも、大小の窓が二つありますが、そのいずれの窓からとも判らぬやわらかな光りが、朝の茶事の折は取り分け美しゅうございます。そうした中で師は台子、台天目で茶をお点てになりました。台子の茶は師としては珍しいことでしたが、大徳寺の方々をお招きしていたので、大徳寺の茶の方式に依ってのことかと思われました。

床には虚堂《きどう》の七言絶句。

台子の内には、

乳足風炉に　アラレ釜。

かねの文《もん》さした水指。

柄杓立　金ノ物。

水コボシ合子　金ノ物。

蓋置は五徳。

棚の上、台天目、四方盆に尻ふくらの茶入、袋に入れて。

この茶事に於て、私はお詰めの役を勤めさせて頂きましたが、このような顔振れの茶事に侍ることができましたのも、これがひそかに行われた茶事であったからでございます。それからこの茶事の控えも、私が書かせて頂きました。それは今も私の手許にあります。師の点前も、台子飾りも、できるだけ詳しく写してありまして、今となりますと、私にとってはちょっとかけ替えのない貴重なものでございます。

床の虚堂の軸は、表具仕直しのために太閤さま、その頃は関白さまでいらっしゃったかと思いますが、とにかく上さまよりのお預りものでございました。虚堂という方は南宋禅林の巨匠で、大徳寺にとっては遠祖とでもいうべき大切な方だと承っております。そういう大徳寺との関係に於ても、虚堂の書は、この朝の席にはこれ以上のものは考えられぬほどぴったりしたものでございます。が、そればかりでなく七言四句の詩の内容も、これまたこの席にはぴったりしたものでございました。木の葉は枝をはなれ、晩秋の気はつめたく、清い。今や学徳秀でた者は禅堂を出ようとしている。東西南北人なき所に行ったら、願くば早く帰って来て、その心の内を語れ。こうなりますと、詩の心は、西国に旅立つ古渓さまをお送りする一座の方々のお気持以外の何ものでもありません。

この隠密の茶事は、なごやかに、厳しく、はなやかに、ひっそりと、亭主と客の心がぴったりと合って、まことに一人の尊敬してやまない卓抜な高僧を、東西南北人なきところに送るにふさわしいものになりました。

茶事が終って、大徳寺の方々をお送りしたのは、何刻ぐらいでありましたでしょうか。私は茶事のあと片付けのために席に戻りましたが、その時既に師利休は点前座に坐っていらっしゃいました。私は一刻も早く虚堂の軸を床から降ろして巻き収めなければならぬと思い、その準備にかかろうとしますと、

――暫く、そのままにしておくよう。

師のお声がかかりました。それで私は虚堂の書は師にお任せすることに致しました。

その日の夕刻のことでございます。何かの用事で昼間の茶事の席に入ろうとしましたが、内部に人の気配を感じて、入口で踏みとどまりました。もう、そろそろ夕闇が立ちこめて来ようとする頃でございます。が、まだ燈火を入れるには少し早い時刻でした。内部を窺うと、昼間眼にした時と同じように、師利休は点前座にお坐りになっていらっしゃいます。

――ああ、本覚坊か。

暫くして、師はそうおっしゃいましたが、そのお声がかかるまで、私は師のお姿を見守っておりました。両手を膝の上で合わせ、幾らか胸を張るようにしてお坐りになっていらっしゃいます。お顔はいくらか横向けにして、少し上げていらっしゃる。平生でも、ものをお考えになったり、一つの思いに入っていらっしゃる時、よくお見掛けする姿勢でござ

います。

ただ、この場合、師がお声をかけて下さるまで、私は茶席の茶道口の外に坐ったままで、かなり長い間、師のお顔を見守っておりました。師は別に特別な表情をなさっているわけではありませんが、誰もがおいそれと声をかけることができないような、醒めた冷たいものを持っていらっしゃいました。師は何をお考えになっていたのか、と言うより、何が師を思いの擒《とりこ》にしていたのか、そういうことに思いを廻らさずにはいられないような、その時のお姿であり、お顔でありました。

——床の軸を巻いて貰おうか。

師が仰言った時、

——承知いたしました。

と、私はすぐお答えしましたが、太閤さまからお預りした虚堂の軸がまだそのまま、そこに掛っていることに驚きました。太閤さまのお怒りに触れて九州へ流される方の送別の茶事を、お膝もとの聚楽屋敷で開いたということだけでも、容易ならぬことと思われますが、それに重ねて太閤さま御秘蔵の軸を勝手に使わせて頂いております。しかもその軸の虚堂の七言四句に到っては、古渓和尚ほどの学徳共に優れた高僧を、東西南北人なき里に追放する権力者の仕打ちを、暗に批判していると言えなくもないと思います。

師はあれから半日近く、虚堂の書が床にかかっている部屋に、ずっとお坐りになっていらっしゃったのでしょうか。

私はすぐ虚堂の軸を床から外し、掛緒を巻き、その部屋を下がる時、もう一度、師の方へ視線を向けました。師は依然として先刻と同じ表情とお姿で、そこに坐っていらっしゃいました。

――燈火をお持ちしましょうか。

そう申し上げると、

――もう、そういう時刻か。

それから師は初めて体をお動かしになり、席をお立ちになりました。

私は十年余り、師のお傍にお仕えしたことになりますが、この時の師が一番強い印象で、私の瞼に捺されてあります。私はその後、この時の師のお姿を思い浮かべる度に、あの時師が顔をお向けになっていた相手は、太閤さまではなかったか、そういう思いを払拭できないでおります。と言うのは、少くとも古渓和尚送別の茶会を開くということに於ても、またその上、お預りものの虚堂の墨蹟を、こともあろうに、その茶事に使わせて頂くということに於ても、太閤さまとの無言の取引きがなければなりません。その取引きに於ては、顔を太閤さまの方にお向けになって、太閤さまの面から眼をはなさないでいるだけの、少くとも眼をはなさないで、その姿勢を半日崩さないでいるだけの強い御意志は必要なのでございましょう。

古渓さまの西国追放は結局一年余りで解け、古渓さまが再び京へお戻りになった始終については、東陽坊さまが御存じの通りでございます。そして天正十八年九月十四日に、同じ聚楽屋敷の四畳半に於て、同じ客組で、古渓和尚慰労のと申しますか、歓迎のと申しますか、古渓さまを正客とした茶事が開かれました。この場合は私は席には侍らず、裏方の方に廻らせて頂きました。

それはそれとしまして、今日東陽坊さまの茶室で、東陽坊さまと、堺へ降る日の師利休のお話をしております時、天正十六年九月の古渓和尚送別の茶事が開かれた日、たまたまお見掛けした師利休のお顔と、お姿が、どういうわけか、そのまま、堺へ降る船の中に坐っている師利休のお顔と、お姿になりました。

昼間、東陽坊さまとお話している時は、それほど強くは感じませんでしたが、修学院在の己が住居に戻りましてからは、堺へ降る船の中の師利休のそのお顔も、お姿も、太閤さまにお向けになっているお顔であり、お姿である、そういう思いが強くなっております。それから聚楽第のお屋敷に於てのそれは、太閤さまの御権力へお挑みになったものであり、堺へ降る船の中のお顔やお姿は、それに対する太閤さまの仕返しを、面を上げてお受けになっているそれであるという、そんな気がしてなりません。

私がお立ち合いしたただ一つの、古渓和尚送別の茶事一つから言いましても、師利休は太閤さまの仕返しがいつ来てもいいお立場にあったかと思います。が、おそらくは仕返しは一つや二つぐらいのものではなかったと思います。そしてそれらをお迎えになるお覚悟もできていたかと思います。

仕返しと申しましたが、むしろ仕返しは遅かった、そういう気持さえ致します。師利休も、船の中で、そのようなことをお思いになっていらっしゃったのではないでしょうか。

東陽坊さまが仰言るように、堺へ降る船の中にいらっしゃる師利休のお立場は、確かにそう切迫したものではなかったかも知れません。そして事態は師が堺にお移りになってから一変し、師利休をぎりぎりのところへ追い込んでしまったのでありましょう。それはそれに違いないかも知れませんが、師利休はそうしたこととは無関係に、御自分の運命を、いつかは来るに違いない御自分の運命を見透していらっしゃったと思います。事態が切迫しようと、しまいと、そうしたこととは無関係に、最悪の事態を迎えるお覚悟は、常にお持ちであったろうと思います。

どうして師は御自分を、そのようなお立場に置かなければならなかったか、これは私の、三井寺の本覚坊の手に負える問題ではございません。いつか師とお親しかったどなたかにお訊きしたいことですが、茶の世界から身を引いております今の私に、果してそれができますか、どうか。

もうすっかり夜も更けてしまいました。この辺で、昼から深夜まで続いた東陽坊さまとのお話を打ち切らせて頂くことに致しましょう。

二章

二月廿三日、庚戌、夜半雷雨、晴——註、慶長八年、陽暦四月四日——

昨夜半から烈しい雷雨。暁方には鎮まったが、北白川口、修学院口数箇所に落雷、京の町中には震死者が出たという噂。

一夜明けると、昨夜にひきかえて快晴、空は洗われたようにきれいに澄み渡っている。朝食をすますと、豪雨に叩かれた家の前の道と庭の掃除にとりかかる。背戸は地面一面に雑木の小枝が散り敷いている。井戸の横手のただ一本の桜樹は蕾がふくらんではいるものの、綻びるにはまだ多少間があって、さして雨の被害は受けていない。

今日は岡野江雪斎さまがお越しになる日である。この茅屋を構えて十一年になるが、客らしい客を迎えるのは初めてのことである。一畳半の席の炉に火を入れたあと、久しぶりに師利休から拝領した長次郎の黒茶碗を取り出す。黒釉が薄いので一部地膚《じはだ》をのぞかせているが、それが却って面白く、胴のしまりも、腰のまがりも、それぞれにいい。口造りはやや厚手、高台は小振りである。

岡野江雪斎さまなる方が何のためにわざわざ、このような所をお訪ねになるか、多少思案に余るところがあるが、そもそもこうした話を持ち込んで来たのが、道具の目利きのことで多年出入りしている寺町の商家・大徳屋の主人であることを思うと、やはりそのようなことの依頼ではないかと思われる。

江雪斎さまにはお目にかかったことはないが、師利休の晩年、その噂は耳にしている。小田原役で主家北条が開城の余儀なきに到った時、最後まで本城にあって、氏直御室家をお守りしていた方と承っている。そして城を開け渡したあと、太閤さまの御前に引き出され、主家を滅亡に導いた者としてのお咎めがあったが、その時、江雪斎さまは、主家がこの度の悲運を迎えるに到ったのは天運にして、凡慮の及ぶところではない、今たとえ滅亡をとるというとも、一度天下の兵を動かしめたことは、武門の家としての北条の面目である。この他に何の言うべきことがあろう。願わくば急ぎわが首を刎ねらるべし、このように仰せになったということである。太閤さまはこの最期の態度をよしとなされ、死罪をお許しになったと聞いている。小田原役のあと、ひと頃そのような話が流れ、剛直の士として噂された方である。

こうしたこと以外に、江雪斎さまについては何も知ろう筈はないが、十日程前、大徳屋の主人からこの度の話が持ち出された時、江雪斎さまに関して多少のことを知らされている。北条の家臣としては板部岡融成として知られ、剃髪して江雪斎と号した。関東の諸将が使者を小田原に遣わす度に、そのことごとくを司っていた重臣であったと言う。北条滅亡後は太閤さまにお仕えし、その命によって板部岡姓を岡野と改め、以来岡野江雪斎を名乗っている。太閤さま亡きあとは家康公に属し、関ケ原役には使節として功があった。戦後家康公の御伽に侍し、伏見に采地を賜って、今日に到っている。

――そのような方が、一体、いかなる御用事で、この本覚坊にお会いになりたいのか。

――そのことはお訊ねしてみたが、じきじきにお願いしたいことがあると仰せになるだけで、何もお話しにならない。何か道具に関してのお訊ねでもあるのではないかと思うが。

――相手は身分あるお方、こちらからお伺いして、いっこうに差支えない。

――そのことも申し上げた。お住居は伏見なので、そこへ同道するとお伝えしたが、それには及ばぬ、こちらから参上する、自分ひとりで訪ねてゆく、こう仰言る。言い出したら諾《き》かない方だから、それ以上は申し上げられない。

大徳屋の主人との間にこのような遣取りがあって、今日、江雪斎さまなる御仁をお迎えすることになったのである。

未ノ刻（午後二時）、江雪斎さま、お見えになる。家の横手をだらだら坂の小道が走っているが、そこを供も連れずおひとりで上って来られるのが見えたので、すぐ前庭、と言ってもこの界隈のすべての農家が母屋の前に持っている空地に過ぎないが、その端しの銀杏の木のところまで出向いてゆく。

——本覚坊どのか。

いきなり声がかかった。剃髪、僧衣、年齢《とし》の頃は六十台の半ばと見受けられるが、肩巾の広いがっしりした身体恰好で、声も確《しっか》りしている。小田原落城時の逸話にぴったりした御仁である。すぐ前庭に面した濡縁に眼を当てられ、

——暫時、そこをお借りしよう。陽が当って気持よさそうだ。

江雪斎さまは言われたが、

——お茶を一服召し上がって頂き、その上でお話を承ることに致しましょう。むさくるしくて、お上げできるところではありませんが。

私が言うと、

——忝く存ずる、では。

すぐ私に随った。土間から上がり、広い板敷きの間を通って、奥の居間に沿って設けた一畳半の席に御案内する。床なしの一畳半には、花もなければ、掛物もない。

——このような席なので、まだどなたにもお坐り頂いたことはございません。

——いや、結構。正真正銘の侘数寄のお席、初めての客とは、江雪斎、果報に存ずる。

このあたりから早くも心のしこりは解けた。こだわりというものの全くない、みごとな客人振りである。茶を喫《の》み終ると、

——長次郎茶碗は、山上宗二どのがお持ちになっているものでお茶を頂いた以来のこと、それからいつか十三年の歳月が経過している。

山上宗二の名が出たのではっとした。

——山上宗二さまをご存じですか。

——二年程、小田原城内で茶の手解《てほど》きを受けている。謂ってみれば、瓢庵山上宗二どのはそれがしの師匠。

それから、

——今日、ここに参上いたしたのも宗二どのが書かれたものを見て頂きたいためである。お茶も頂いたので用件に入らせて頂くことにする。

そう言って、江雪斎さまは持参して来られた風呂敷包みを解くと、かなり分厚い和綴じの冊子を取り出し、それを前に置いた。

——この一巻を見て頂きたくて参上仕った。山上宗二どのが拙者のために書いて下さった茶の奥義書というか、秘伝書というか、そういったもの。初心者の拙者には理解し難いところもあれば、難解なところもある。御静境を紊《みだ》すことになって甚だ恐縮に存ずるが、これをお読み頂いて、そうした点について御教示給われたらと思う。永年利休どののお傍

に居られたと承る貴殿を措いて、他にこれについて話して下さる方があろうとは思われぬ。

——私、本覚坊には荷の重すぎるお役目かと存じます。師利休の一の弟子として自他共に許していた宗二さまが筆をお執りになったもの、浅学の私には、果してどこまで読みこなせますか。しかし、それはそれとして拝見させて頂けるものなら、拝見させて頂きたいと思います。ただ多少の日時を——。

——何日でもお預けする。

——と申しましても、貴方さまにとっては貴重なお品。私の方でお邸に参上し、その上で拝見させて頂くことに致しましょう。

——それには及ばぬ。これは拙者が写したもの。宗二どのが筆を執られた巻物は門外不出。これはその写し。従って、何の気遣いなく、何日でもお手許に置かれて結構。また必要とあれば、写して下さっても、いっこうに仔細はない。

こういうところも、さすがに剛直で、しかも隙のない感じであった。

——では、お預りさせて頂き、久しぶりで師利休のお声や、兄弟子宗二のお声を聞かせて頂きましょう。

いつか、私の心は昂ぶっていた。冊子一巻を手に執り、表紙に書かれた〝山上宗二記〟という五文字に眼を当て、それからそれを押し頂いた上で、席を立って隣室の文机の上に置いた。

それからも話は同じ席で続けられた。江雪斎さまの所望で、お茶をもう一服差し上げた。花冷えの時季ではあるが、狭い茶室は炉の火で充分暖かく、戸外には風もなく、ただひたすらに静かであった。

——山上宗二さまがあれをお書きになったのは、いつのことでございましょう。

——天正十七年二月に、拙者は小田原から上方に使者として旅立っているが、それに先き立ってあの一巻を頂戴している。従って宗二どのがあれを書かれたのはそれ以前、前年の秋頃から筆を執られたのではないかと思う。小田原に来られるや直ぐ北条家の茶道師範としてお迎えしているし、そのほか何かと多少の便宜をはかって差し上げている。そうしたことに対する礼の意味をこめての執筆であろうかと思う。と言っても、もちろん、そればかりではない。あの一巻をお読み頂けばお判りになると思うが、明日も判らぬ己が運命を予感されているようなところもあって、いま一応これを書き遺しておこう、そういった気持もおありだったかと思う。

——宗二さまは、小田原には何年ほど？

——三年か、あるいは四年か。

——小田原に入られる前は？

――堺衆茶匠として太閤さまにお仕えしていた一時期があったらしいが、そのことについては詳しくは語られなかった。異相とでも言うか、暗く険しい顔を持っておられ、気性も烈しく、なべて妥協ということを知らぬ性格だったので、太閤さまに対して不首尾なことでもあって、ために浪々の身となり、その果てに小田原に来られるようになったのではないかと思う。しかし、それはそれとして、一面、律義な、義理堅いところも持っていた。それでなくて、どうして拙者のために、あの秘伝書一巻の筆を執られるであろうか。

――秘伝書というものが、いかなるものか存じませんが、いずれにせよ、利休、宗二お二方亡き今となっては、他にかけ替えのない貴重なものでございましょう。図らずも、この度、それを拝見できますとは！

――尤も、拙者宛てのものを認める前に、息子《そくし》伊勢屋道八どのにも与えた一書があると、そのようなことを口に出されたことがあった。一書があろうと、二書があろうと、それはそれで結構だと思う。それにしても、宗二どのは若かった。小田原落城の時は、まだ四十八歳。

――小田原役のあと、宗二さまについて暗い噂が流れておりました。

――左様。

――あの噂のような御最期をとげられたのでありましょうか。

口に出し難いことではあったが、噂か事実か、その点をはっきりさせておきたかった。

小田原役のあと、江雪斎さまに関する噂が伝えられたが、それに前後してもう一つ、兄弟子宗二の噂も伝えられた。この方は暗く陰惨だった。小田原落城に先き立って、山上宗二が太閤さまの前でお気に障ることを口走り、そのために耳鼻をそがれて相果てた、そういう噂である。師利休の耳にもこの暗い噂は入っていない筈はなかったが、師はそれについては一言もお洩らしにならなかった。

——貴殿が言われる噂というのは、拙者もまた耳にしているが、真偽の程は存ぜぬ。

それから、ちょっと思案されていたが、

——このことについては、いまお預けした一巻をお読み頂いた上で、拙者の考えを申し上げたいと思う。噂のような最期をとげられたか、とげられなかったか、拙者の考えも申し上げ、貴殿のお考えも伺いたい。一体、貴殿は山上宗二どのと御面識がおありだったか。

——残念ながら、その機会に恵まれませんでした。一度お目にかかっておきたかったと思います。私が師利休のお傍に侍するようになったのは天正十年のこと、その頃既に兄弟子宗二は太閤さまの御茶頭としてお仕えになっていたと思います。が、程なく、太閤さまの御機嫌を損じて、浪々の身となったとか、逐電して行方が判らないとか、そのような噂を耳にしております。一時、京や堺に居られるという消息もありましたが、お会いする機会はありませんでした。もしお目にかかれたとすれば、その機会は小田原役のあとであったかと思いますが、それが——。

そして更に続けて言った。

——小田原役の時、師利休は箱根の湯本まで出向かれましたが、あの時、師利休のお心の中を一番大きく占めていたのは、山上宗二さまにお会いになりたかったことではないかと思います。お会いになりさえすれば、宗二さまがどのような立場にあろうと、救うことができる、そのようなお考えになっておられたと思います。城を出よ、城を出よ！　師利休は毎日のように、お心の中で、小田原城内の宗二さまにお呼びかけになっておられたのではないかという気がします。師利休はあの頃はまだ、それだけのお力もあれば、自信もお持ちになっておられた！

——と申しても、あの頃、十重二十重に囲まれた小田原城から脱け出すなどということは、到底考えられないことだった。蟻一匹這い出る隙はなかった。しかし、宗二どのは出たかも知れぬ。やはり宗二どのに茶を学んでいた皆川広照が、手兵を連れて、城を出て、降っている。その皆川と一緒に、その時城を出ようと思えば、出られないことはなかったと思う。宗二どのがそうされたか、されなかったかは、今となっては判らぬことである。そうされたとすれば、そのために噂のような悲運を招かれたかも知れぬ。と言って、そうされなかったとしても、それで悲運というものと無縁であったというわけにはゆかぬ。

それから、

――いずれにせよ、小田原落城時の山上宗二どのの動静は、拙者には皆目判っていない。主家北条が滅亡に瀕している時、宗二どののことなどに気を配っている余裕はなかった。城を開き、主家北条が亡んだ時、初めて宗二どのが居られないことに気付いた。どこにもその姿はなかった。

更に続けて、

――それにしても、明日の運命も判らぬ小田原城内に於て、毎日のように己が茶室に武将たちを迎えておられた宗二どのは立派だったと思う。点前にも、立居振舞にも凛としたものがあった。今も時折、その姿が眼に浮かぶ。あとで聞けば箱根の湯本に於て、利休どのも茶を点てておられたという。

――箱根では師利休もなかなかお忙がしゅうございました。太閤さまは毎日のようにお越しになりましたし、その他名だたる方々が次々にお見えになりました。六月になってからは、伊達政宗さまからのお招きもありました。

――攻める方も、攻められる方も、武将たちは茶の湯に励んでいた。攻める方は利休どのが取り仕切られ、攻められる方は宗二どのが取り仕切っておられる。箱根の山の上も下も、茶の湯で忙がしかった。

――と申しましても、あの時期に於ては、宗二さまの取り仕切る茶の湯の方が真剣だったことでありましょう。

——左様。

——何と申しましても、小田原に於ては、客も、亭主も、明日も判らぬ生命の筈。

——いかにも。

——本覚坊も一度、そのような茶の湯の席に臨んでみとうございました。

本当にそう思った。そうした時の兄弟子宗二を、江雪斎さまは立派だったと言われたが、さぞ立派だったろうと思う。

——が、残念ながら、もうそのような席に臨むことは難しいだろう。時代はすっかり変ってしまった。茶の湯もまた変らねばならぬ。実際にまた変っている。利休どの亡きあとは、古田織部さまの時代。

——織部さまの時代になって、茶の湯は本当に変ったのでございましょうか。師利休亡きあと、本覚坊はこのように引込んで、茶の世界とは無縁に暮らしておりますので、そうした方面の事情にはとんと暗くなっております。

——織部さまの時代になって、すっかり変ってしまったと、世間では取沙汰している。城を攻める鬨の声が聞こえなくなれば、茶も変る。変っていっこうに不思議ではないと思う。そういう見方をすれば、利休どのも今日までは生き延びられなかったし、宗二どのも生きられなかった。武人も、茶人も、みな交替してゆく。それにしても、——。

江雪斎さまは、ここで言葉をお切りになって、暫く遠い眼をしておられたが、それをこ

ちらにお返しになると、

——古田織部さまとは、近頃、家康公の御伽の席で顔を合せることがある。そういう関係から、あることのお問合せがあって、先頃書状を戴いた。利休どのと区別できないほど、利休どのによく似た御筆蹟であることに驚いた。利休どのの書面は、宗二どの宛てのものを二、三拝見している。それと全く同じと言っていいほど、書風も、書体もよく似ている。そういうことに思いを廻らせば、茶の湯の方も表面変っているように見えて、実際は変っていないかも知れぬ。どう思われる？

——さあ。

すると、江雪斎さまは大きくお笑いになって、

——もし山上宗二どのがどこかに生きておられ、遠くからあの顔で、こちらを睨んでいるとしたら、これはなかなかどうして、織部さまもそう簡単には茶を変えることはできないだろう。

江雪斎さまはおっしゃった。どこかに多少の刺があった。

結局一刻ほどお話しになって、申ノ刻（午後四時）に、江雪斎さまは座をお立ちになった。修学院口までお送りして、そこでお別れする。

夜、庚申講のことで、組内の衆、三、四来訪。隣家の主人、酒持参。納戸の炉端でささ

やかな酒盛り。一同が引き揚げて行ったあと、すぐ寝所に入るが、頭が冴えて眠られず、兄弟子宗二のことを思って深更に及ぶ。その間、瞼の上にはずっと一枚の絵が置かれてあった。

場所は山崎の妙喜庵の囲《かこい》(茶室)。既に冬の日はとっぷりと昏れて、夜の闇が深々と妙喜庵を包み込もうとしている時刻である。師利休にお仕えするようになってから、まだ二、三年、茶の湯がいかなるものか、茶室にお入りになる方がいかなる方か、よくは判らず、見よう見まねでその日その日を過ごしている頃のことである。暮六ツ(午後六時)から始まった茶事であったが、いっこうに終る気配はなく、いつか夜になっていた。私は手燭を持って、次の間に控えていた。茶室の方から声がかかったら、それを点前座に坐っている方に渡すのが、その時の私に与えられた役目であった。

しかし、茶室からはなかなか声がかからなかった。私は身を固くして、そこにいつまでも坐っていた。と突然、茶室から声が聞こえて来た。

――〝無〟と書いた軸を掛けても、何もなくなりません。〝死〟と書いた軸の場合は、何もかもなくなる。〝無〟ではなくならん。〝死〟ではなくなる！

まるで何ものかに挑むような烈しい口調だった。茶室からはそれだけ聞こえて、そのあとはまた何も聞こえなかった。が、やがて、こんどは低い、ずしりとした声が聞こえて来た。私はすぐそれを師利休の声と知ったが、丁度その時、母屋の方に人の声がして、立ち上がって行かねばならなかったので、師利休がいかなることを話されたか聞くことはできなかった。席に戻ってくると、どなたか別の声が聞こえていたが、それはすぐ歇《や》んだ。

再び狭い茶室を沈黙が占めた。誰の声も聞こえなかった。重ねて所望が行われているのかも知れなかったが、それこそ死のような静けさだった。私は手燭を持っている自分という者が、すっかり忘れられてしまっているのではないか、そんな思いの中に入っていた。しかし、忘れられているわけではなかった。

どのくらい経ってからであろうか、ふいに茶室と、私が控えている次の間を境している襖が細目に開かれて、手燭！　という声がかかった。私はすぐ膝ですり寄るようにして、襖の間から手燭を差し出した。

襖はこんどは私の手でしめたが、再び襖がしまるまでには、何ほどの時間も経たなかった筈である。しかし、その時私の眼に入った狭い二畳の席は異様だった。客は二人、例の天井の低い荒壁の室床を右手にして坐っているが、点前座の傍に置かれてある燭台の光はそこまで届いていず、二人の客は薄暗い中に坐ったままで、背後の壁にいやにずんぐりした大入道のような陰影を造っている。点前座にいた人物は膝を立てたまま、身を前に乗り出すようにして、私から受取った手燭を、前方左手の室床の方に差し出している。それは床に掛けてある軸を、二人の客に見せるための仕種ででもあるかのように思われた。先刻亭主が口から出した〝死〟という一字が書かれた軸でも、そこには掛けられてあるのかも知れなかった。おそらくはそうであろうと思われるような、その場の光景だった。

床の方へ差し出している手燭の光のためか、その時、手燭を捧げている人物の顔は異様で、怖ろしく見えた。火焔に上半身を照らし出されている多面多臂の明王のように見えた。そしてそれを、その向うの壁の大入道の陰影が包み込もうとしている。

私はこの時の一瞬眼に入った異様な情景を、その後今日までの長い歳月の間忘れることができないでいる。その夜、点前座に坐っていた人物は山上宗二、二人の客の一人は師利休、いつかそのように思い定めている。客のもう一人は誰であろうか。残念ながらこれと決める拠りどころとなるものはない。

と言っても、この一枚の絵の中で、それと決めて間違いないのは師利休だけである。師はあの夜、確かにそこに坐っておられたのである。それから亭主を山上宗二にしているが、その頃この兄弟子が山崎に師利休を訪ねて来られたという確《しか》とした証しはない。誰に訊ねても、その頃山上宗二が妙喜庵を訪ねたという話は聞いたことがないと言う。しかし師利休の前で、あのようなことを、あのような言い方で言える者は、一の弟子山上宗二を措いてはないかと思うのである。

もう一人の正体不明の客の、燭台の光の届かないところに於ける黒い影の固まりとしての印象は、何となく控え目で、一歩退って身を処している人物ででもあるかのように思われる。それにしても、あの席に坐っていたのである。何事かが行われたあの席に立合っていたのである。と言って、何が行われたかは皆目判らない。私がただそう思うだけのことで、何事も行われなかったかも知れないのである。火焔を浴びた多面多臂の明王像が余りにも異様だったので、それを取り巻いていた周辺の闇まで、私にはただならぬものに見えたのかも知れぬ。

それはそれとして、今日江雪斎さまから、山上宗二どのと面識がおありかと訊ねられた時、よほどこの妙喜庵の囲における一夜のことを披露してみようかと思ったのであるが、結局のところは思い留まった。そこに居たのは兄弟子宗二であったかも知れないが、同時にそうでなかったかも知れないのである。それにしても、江雪斎さまが兄弟子宗二の顔について〝異相〟という言葉を使われた時は、思わずはっとした。妙喜庵の囲に於て火焔を浴びた明王のように見えたのは、その異相のためであったかも知れないのである。

――〝無〟ではなくならん。〝死〟ではなくなる！

この言葉については、現在の私は、現在の私としての解釈を持っている。が、それはそれとして、〝無〟という字を誰かが書いたとすれば、それはおそらく大徳寺系の禅僧のどなたかであったろうと思う。別に不思議な文字ではない。これに対して〝死〟と書いたとすれば、この方は他ならぬ兄弟子宗二自身であった筈である。ほかに誰がこのような字を書くであろうか。〝死〟一字の軸が茶室の床にふさわしいか、ふさわしくないか、落着くか、落着かないかは知らぬ。それからまた茶湯者の言葉として、罷り通るか、罷り通らぬかは知らぬ。異端であるか、異端でないかは知らぬ。師利休に質しておくべきことで、ついに質しておかなかったことの一つである。

深夜、師利休のことを思い、兄弟子宗二のことを思い、更にまたいつか十余年も訪ねることなく過ぎた山崎妙喜庵の囲のたたずまいを眼に浮かべ、ついに深更に到る。昨夜に引替えて静かな春の夜である。明日は「山上宗二記」一巻を机上に置いて、その前に心を正して坐ろうと思う。

二月廿四日、辛亥、天晴

巳ノ刻（午前十時）、机に対って「山上宗二記」一巻を開く。和紙六十枚を一帖に綴り、その一枚一枚を、江雪斎さまらしい筆太の細字がぎっしりと埋めている。

第一枚目を開く。〝ソレ茶ノ湯ノ起リハ〟という書き出しで始まっている。奥義書とか秘伝書とか言っても、いかなる内容のものか見当がつかないので、先きにざっと全巻に眼を通させて貰う。最初の三枚程には茶の湯の歴史が書かれてあり、それに続いて〝珠光一紙目録〟なるものが紹介されている。壺、茶碗、釜、茶杓を初めとして、凡そ天下に名だたる道具という道具はみな取り上げられているらしく、そのそれぞれについて短い説明がつけられている。これが三十五、六枚、一巻の半分以上を占めている。

それに続いて〝茶湯者覚悟十体〟なるものが数枚、〝茶湯者之伝〟なるものが十枚ほどの分量を占め、そのあとに結尾の文章があって、〝天正十七年己丑二月、宗二〟と〝江雪斎、参ル〟が別行に認められている。一応これで本文は終っているわけであるが、更に漢詩を認めた数枚が附加されている。

ざっとこうした一巻の内容に眼を通したあと、すぐこれは読むべきものではなく、書き写しておくべきものだという思いに捉われる。師なる者が業成った弟子に与える印可状に他ならないが、内容はもっと実質的で、茶の湯の道を志す者が心得ておかねばならぬことが、かなり詳しく記されているのである。こうしたものの写本を作ることが許さるべきことか、許されざることか知らないが、写すということに於てしか自分のものとすることが難しい一巻の内容である。こうしたことから判断する限りでは、秘伝とか奥義とかいった言葉の持っている秘密めいたものはどこにもなさそうである。

考えてみれば、もともと茶の湯というものに奥義とか、秘伝とかいったものがあろう筈はない。事実、この一巻の末尾に、

——総ジテ茶ノ湯ニハ、昔ヨリコノ方書物ナシ。タダ古キ唐物ヲ多ク見覚エテ、上手ノ茶湯者ト毎々参会シ、作分ヲ出シ、昼夜茶ノ湯ヲスル覚悟ガ則チ師匠ナリ。

と書かれている。〝作分ヲ出シ〟というのは、工夫するということであろう。

それからまた、これも巻末に、

——コノ書物ハ初心ノタメニハ重宝ナリ。数寄者ニハ無益ナリ。

と記されている。〝初心ノタメニハ重宝ナリ〟と記してある以上、筆写させて貰っても、この一巻の作者・山上宗二は不快には思わないであろうと思う。またこの一巻の所有者である江雪斎さまの方は、昨日ここを訪ねて来られた折、自分の口から〝必要とあれば、写して下さっても、いっこうに仔細はない〟と言って下さっているのである。

夕刻、改めて「宗二記」一巻を置いた机の前に坐って、墨をすり、筆をおろす。江雪斎さまの写しと同じように、和紙一枚に記されているものを、こちらもまた和紙一枚に写してゆくことにする。師利休在世時代に、時折、古書の写しを依頼されたことがあったが、それ以来絶えてなかった、久方ぶりに筆を執っての作業である。

初めの三枚には、足利三代将軍の時代から説き起し、茶道の祖としての珠光が登場するまでのことが、簡単に手際よく綴られている。こうしたことは師利休から聞いているに違いなかったが、今や記憶は朧ろげになっているので、それをはっきりさせる上に、たいへん有難い記述である。そして最後は、

――東山殿（足利義政）薨去ノアトモ、代々ノ公方様、御茶ノ湯アリ。……ソノ後御物天下ニ散在シ、今ニ到ルモ絶エズシテ、茶ノ湯ノ道繁昌ナリ。珠光ノ跡目、宗珠、宗悟、善好、藤田、宗宅、紹滴、紹鷗ナリ。

という文章で結んでいる。ここに初めて利休の師である紹鷗が登場してくる。

この茶道の歴史のあとに続いて、茶湯者《ちやのゆもの》、侘数寄《わびすき》、名人、古今の名人、それぞれの定義が述べられている。このあたりは一語一語、思い当るものがあって、なかなかに興味は尽きない。

――目利キニテ、茶ノ湯モ上手、数寄ノ師匠ヲシテ世ヲ渡ルヲ、茶湯者ト言ウ。

――一物モ持タズ、胸ノ覚悟一、作分一、手柄一、コノ三箇条ノ調イタルヲ侘数寄ト言ウ。

――唐物所持、目利キモ、茶ノ湯モ上手、コノ三箇条モ調イ、一道ニ志深キハ名人ト言ウ。

そして茶湯者の代表には松本珠報、篠道耳が、数寄者の代表には粟田口善法が挙げられている。珠報、道耳、善法、いずれも珠光の弟子で、師利休の話の中に、よくその名が出てきた東山時代の茶人である。それから更に茶湯者であって、しかも数寄者である人を古今の名人と言うと定義し、それに当る人として、珠光、引拙、紹鷗の三人の名が挙げられている。

ここで第一日目である今日の筆写を打ち切って、あとは暫く自分ひとりの思いに入っている。遅い夜食をすませたあとも、また、自分ひとりの思いに入る。長く離れていた茶の世界に引き戻された気持である。

それにしても宗二は侘数寄者として善法の名を挙げており、それはそれで当を得た人選であろうとは思われるが、この箇処を写している時、善法の替りに、堪らなく東陽坊の名を記したい気持に駆られたことを思い出す。その東陽坊が亡くなってから、いつか五年の歳月が経っている。東陽坊を、真如堂のその持坊に訪ねたのは慶長二年の秋であったが、その翌年、あの一世の侘数寄者は、八十四歳の高齢で身罷っているのである。春の夜の静けさの中で、暫く思いは東陽坊のことから離れないでいる。

二月廿七日、甲寅、天晴

廿五日、廿六日と〝珠光一紙目録〟の筆写に明け暮れたが、三日目の今日の夕刻、どうにかその全部を写し終る。三日間に亘って写したものを、改めて読み返してみる。

――コノ一巻ハ珠光、目利キ稽古ノ道ヲ能阿弥ニ問イ窮《キワ》メタルトコロノ日記ナリ。跡目宗珠へ相伝ス。引拙ノ時マデハ珠光ノ風体ナリ、ソノ後紹鷗、悉ク改メ、追加シ畢《オワ》ンヌ。鷗ハ当世ノ堪能、先達、中興ナリ。

これが書き出しの文章。名文というものはかかるものであろうかと思う。〝珠光一紙目録〟なるものを四、五行に解説して余すところがない。

これに続いて筆者としての宗二が自己紹介の一文を綴っている。紹鷗逝去して三十余年、そのあとは宗易（利休）が先達である。余宗二は容易に二十余年に亘って師事し、その時々に聞き及んだ密伝を書きとめてあるが、この度、〝珠光一紙目録〟を綴るに当って、それをも加え、更に余宗二自らの考えも入れて、でき得る限り完全を期したつもりであるが、さていかなるものであろうか。こういった断り書きの文章である。

本論に入るや、直ちに名だたる天下の茶道具の紹介が始まる。初めは壺である。

三日月、松島、四十石御壺、松花、捨子、撫子、沢姫、キサカタ、時香、兵庫壺、弥帆壺、橋立、九重、八重桜、寅申《とらさる》、白雲《しらくも》、スソ野、双月、時雨、浄林壺、千種《ちぐさ》、深山《みやま》。

こういった壺それぞれの伝来、経歴、銘の謂われが記され、その所在も明らかにされている。壺の名を写しているだけで、いつか茶の世界に引きずり込まれ、ふしぎな昂奮を覚えている自分を見出す。

このうち〝橋立〟は師利休所持のもの、師利休の死後、いかなる運命を持ったか知らないが、旧知に会った思いである。

――コノ壺七斤入リ、土グスリ、形《ナ》リトモ、言語ニ絶シタリ。宗易所持ス。名人ノ宗易所持ナレバ、茶ノ感味言ウニ及バズ。口伝アリ。名ノ由来、コノ壺ハ丹後国ヨリ出テ、丹後ニ過ギタル名物ナレバ、橋立ト名付クト言ウ。又一説ニ、東山殿コノ壺ヲ召シ上ゲラレシ時ニ、文モ見タマワズ、マズ壺ヲ御覧アリケレバ、マダ文モ見ヌアマノ橋立トイウ古歌ニテ、壺ノ名ヲ橋立トツケシトイウ。

この〝橋立〟の名の由来は師から伺ったことがあり、その時のことを懐かしく思い出す。

しかし、こうした沢山の有名な壺も、人間と同じように運命というものを持っている。人から人へと転々とするものもあれば、収まるべきところに収まってしまうものもある。中には所持者の運命に殉じて、はかなく相果てるものもある。〝三日月〟、〝松島〟共に惣見院（織田信長）殿の時代に火に入って失われているし、〝八重桜〟の方は明智日向守（光秀）所持のものであったが、明智殿に殉じて、坂本に於て火中に入っている。

もちろん、このような運命を持ったのは壺だけに限らない。この〝一紙目録〟に取り上げられている茶碗は松本茶碗、引拙茶碗を初めとして数多いが、その一つである珠光茶碗は、所持者三好実休の敗死と共に、これまた火中に失われている。それから香合では〝蓮実の香合〟が、茶杓では〝珠徳の茶杓〟が、侘花入では〝紹鷗備前筒〟が、いずれも戦火の犠牲になっており、釜では〝平蜘蛛〟が、松永（久秀）代に身を亡している。

こうしたことを写していると、人であれ、道具であれ、乱世を生きることは容易でないという感慨を深くする。

香もたくさんなものが紹介されている。太子、東大寺、逍遥、三吉野、中川、古木、紅塵、花橘、八橋、法華経、園城寺、面影、仏座、珠数等々。それぞれの名香の名前だけで堪能する。〝東大寺〟は木は伽羅、天下無双の名香として知られているものである。

それから圜悟の墨跡、虚堂の墨跡の主なものが挙げられている。曾て眼にしたものも何点かある。次は肩衝が紹介されているが、これもたいへんな数である。

三日目の今日は早朝から机に対ったが、薄暮が迫る頃、侘花入に関する項を最後にして、これで全く〝珠光一紙目録〟の筆写を終る。さすがに疲労が甚しい。机を離れ、庭に降り立って、背戸を歩く。桜が八分方綻びている。いつ咲き始めたか、全く知らなかったが、明日か明後日頃、満開になるだろうと思う。〝八重桜〟という壺と、〝三吉野〟という香があったのを憶い出しながら、花の下を歩く。

二月廿九日、丙辰、小雨

昨日は一日「山上宗二記」の筆写を休み、今日、最後の部分を写す。寅ノ上刻（午前四時）に起き出し、炉に火を入れて、机の前に坐る。師利休在世時代、冬から春にかけては、毎日、寅ノ刻より茶の湯をしかけたものであるが、久しぶりでその頃の水のつめたさを思い出す。

すぐ〝茶湯者覚悟十体〟の筆写に取りかかる。先きに写したところに、茶湯者というのは目利きで、茶の湯も上手で、数寄の師匠をして世を渡る者のことを言うとしてあったが、その茶湯者なるものが持つべき覚悟が十箇条挙げられている。

このあたりには、おそらく兄弟子宗二が師利休から聞いたことの多くが記されているのではないかと思う。筆を運んでいると、師利休の声が到るところから立ちのぼって来るのを覚える。

――茶ノ湯ハ冬春ハ雪ヲ心ニ昼夜スベシ。夏秋ハ初夜過ギマデ然ルベク、但シ、月ノ夜ハ独リナリトモ深更マデ。

こういった一条もある。これもまた師利休の言葉であろうか。写していて心の引き緊まるのを覚える。まさしく師自身、このようにしておられたと思う。

――十五ヨリ三十マデハ万事ヲ師ニマカスルナリ。三十ヨリ四十マデハ我ガ分別ヲ出ス。四十ヨリ五十マデノ十年ノ間ハ、師ト西ヲ東ト違エテスルナリ。ソノウチニ我流ヲ出シテ、上手ノ名ヲトルナリ。茶ノ湯ヲワカクスルナリ。又、五十ヨリ六十マデノ十年ノ間ハ、師ノゴトク一器ノ水、一器ニ移スヨウニスルナリ。名人ノ所作ヲヨロズ手本ニスルナリ。七十ニシテ宗易ノ今ノ茶ノ湯ノ風体、名人ノホカハ無用ナリ。

これはおそらく紹鷗から利休へ、利休から宗二へというように口伝えに伝えられて来た、茶湯者修業に関する密伝でもあろうか。それを宗二が自分の文章に書き替えたものであろうと思われる。いずれにしても茶の湯修業の機微に触れたものであるに違いない。そして〝七十ニシテ宗易ノ風体〟という言葉の中には、宗二の師利休への限りない讃仰の思いがこめられているのを感ずる。兄弟子宗二はこの箇処を書きながら、自分もこのように修業して行き、そして七十歳になったら、あの師利休の風体を持ち得るであろうか、そうした高きを仰ぐ思いを懐いていたのであろうと思う。

午後は〝茶湯者之伝〟に取りかかる。能阿弥、珠光から始まって、紹鷗の弟子辻玄哉に到るまで、二十余人の茶湯者の名が挙げられ、簡単な説明が付いている。何十種という名物道具を所持している茶湯者もあれば、ただ一種しか所持していない茶湯者もある。

茶湯者の何人かには、宗二自身の批判も加えられている。下京の宗悟については、茶の湯の好きな人だが、目利かず、小道具数多所持しているが、よき道具なしと極付けている。また紹鷗の一の弟子、辻玄哉については、師紹鷗から何から何まで秘伝を教わっているが、目も利かず、茶の湯も天下一の下手である。よき師を持っても、自分を出し得ない人は生涯下手である。――こういったところに江雪斎さまが言われた兄弟子宗二の妥協ということを知らぬ性格というものが出ているのであろう。

――紹鷗ハ五十四ニテ遠行。茶ノ湯ハ正風体盛リニ死去也。物ニタトエレバ、吉野ノ花盛リヲ過ギテ、夏モ過ギ、秋ノ月、紅葉ニ似タリ。――引拙ハ十月時雨ノ頃ノ木ノ葉乱ルルニ似タリ、七十ニテ死去、珠光ハ八十ニテ逝去ス。雪ノ山カ。――宗易茶ノ湯モハヤ冬木ナリ。

こうした文章もある。兄弟子宗二はこれを書いている時、師利休の死がそう遠くないところに置かれてあろうとは、夢想だにしなかったことであろうと思う。〝宗易茶ノ湯モハヤ冬木ナリ〟と記しているが、師利休は冬木のままで死を迎えなければならなかったのである。「宗二記」一巻の奥書に取りかかった時は、雨は上がっていたが、すっかり日は昏れていた。燭台の光で写す。

こんどの御上洛に当って、血判の誓紙を以て懇望なされたので、心底残さず書き記して差上げた次第である。何はさておき浪人中、御芳情を以て当小田原城におかくまい下さったこと忝く、二十余年にわたる稽古のあらまし、大体申し上げました。行く行くまで御数寄者であって下さるよう、――こういったことが記されたあと、

――コノ一札、拙子上洛仕リ候カ、死去仕リ候アトハ、執心申ス御弟子ニ御伝エアルベキモノナリ。仍ッテ印可状如件。

と認められ、日附は〝天正十七年己丑二月〟、宗二と署名され、印が捺されてある。宛名は〝江雪斎、参ル〟となっている。

これを写し終って、筆をおく。何日か続いた筆写の作業、全くここに終る。

江雪斎さまが、「山上宗二記」一巻の中には、宗二どのが己が明日の運命を予感しているようなところがあると言われたが、それは奥書のことであったかと思う。〝拙子上洛仕リ候カ、死去仕リ候アトハ〟という言い方には、なるほどただならぬものが感じられる。

それからこの奥書のあとに、漢詩十数篇を写した数葉が附加されているが、その最後に、漢詩とは関係なく、慈鎮和尚の〝ケガサジトオモウ御法ノ、トモスレバ、世ヲワタルハシトナルゾカナシキ〟という歌が記され、それに続いて、

――（慈鎮和尚ハ）常ニコノ歌ヲ吟ゼラレシト也。宗易ヲ初メ、我人トモニ、茶ノ湯ヲ身スギニイタス事、口オシキ次第ナリ。

と書かれ、そして〝天正十六年戊子正月廿一日〟の日附が記されている。天正十六年の正月のある日に、筆者宗二の心を横切った憤ろしき感慨ということになる。この方はこの方で、聞き棄てならぬ言葉である。ここには師利休も引き合に出されている。

ここに来て、何日か付合った茶の湯の世界から、いきなり生きにくい娑婆の世界へと連れ戻された思いである。何か考えなければならぬことはあるようであるし、あるに違いないのであるが、今夜は何も考えないで眠ることにする。

三月十日、丁卯、天晴

今日は午刻に、江雪斎さまと大徳屋でお会いすることになっているので、半刻程前に大徳屋に赴く。本来なら「宗二記」をお返しに伏見のお宅に参上すべきであり、そのことを大徳屋の主人に申し入れたのであるが、江雪斎さまの御意向もあって、大徳屋の囲で、お茶を頂くことになったのである。尤も江雪斎さまの御意向であるか、このところ茶の湯執心の大徳屋の主人の意向であるか、その点ははっきりしない。

大徳屋の三畳の席は既に客を迎えるだけになっていた。壁床には古渓さまの書、隅の柱には信楽の〝蹲《うずくまる》〟の掛花生《いけ》、それに咲き残りの侘助椿《わびすけつばき》が投げ込まれている。茶碗については主人の相談を受けるが、今焼の赤茶碗を選ぶ。

いつも少し肩の張る茶事の場合は、主人に頼まれて裏方を手伝っているが、今日は客の方へ廻らせて貰う。

定刻少し前に、江雪斎さま、お見えになる。すぐ席に御案内する。主人の点前でお茶を頂いてから、お振舞になる。

鮭の焼物　汁は豆腐　引汁鯛
煮昆布　飯　菓子芋　いり餅
もともと今日の席は江雪斎さまと私の二人の談合のために設けられたものなので、お茶の時も、お振舞の時も、主人は終始言葉少なに亭主役を勤めてくれている。お振舞が終る頃から、ごく自然に「宗二記」をまん中にしての江雪斎さまと私の話に移ってゆく。

最初に江雪斎さまお写しの「宗二記」をお返しして、お言葉に甘えて全文を筆写させて頂いたことをお断りする。

――お役に立てば、宗二どのも御本望であろうと思う。それはそれとして、写しとられて、どのようにお考えになったか、まずそのことからお伺いしたい。

――いろいろなことを教えて頂きました。私の方は師利休に十年もお仕えしておきながら、何一つ書き留めておくこともせず、その点、ただただ恥じ入るばかりでございます。宗二さまは御立派だったと思います。あの中に、唐物所持、目も利き、茶の湯も上手で、一道に志深きを名人と言うとありましたが、そういう点からすれば、宗二さま御自身、名人の中にお入りになる方でございましょう。

——某《それがし》も、そのように思う。それにしても、宗二どのの最期に関しての世間の噂については、どのように思われる？

——さあ。

そういう以外仕方なかった。

——拙者は、どこかで生きておられるだろうと思っている。あれだけのものを書かれた方が、茶の湯を身すぎ、世すぎにすることが口惜しいと言っておられる方が、どうして生き延びるために小田原城を出て、太閤さまにお縋りするであろうか。宗二どのは小田原落城時に混乱に紛れて逐電されたと思う。逐電はお上手である。何回も逐電しておられる。逐電しては、また現われ、逐電しては、また現われておられる。こんどもまた、そうされるつもりであったかも知れない。が、こんどはそうはゆかなかった。現われる前に、利休どのの事件があった。それで、もう現われる気持を失くされたのではないか。耳鼻そがれて果てたという噂も、これはこれでいいではないか。そのように思案されたのではないか。いまもどこかで、そう思っておられるかも知れない。

——まさか、お会いになっていらっしゃるのではないでしょうね。

思わず口に出しかけたが、危いところで思い留まった。私にそのように思わせるものが、江雪斎さまの話のなさり方の中にはあった。それから江雪斎さまは話題をお変えになって、「宗二記」の中に書かれている〝口伝〟、〝密伝〟といったことについてお訊ねがあった。私にもよく理解し難い言葉ではあったが、思うままを申し上げた。

――口伝というのは、文字では書き現わせない。口で言う以外解らせることはできない。そういう内容を持ったものを説明する時、口伝ありと、宗二さまはお書きになっているように思います。密伝の方は、自分はある時、師からこのように聞いている。誰も知らないが、自分だけは聞いている。そういう内容のもの、ひそかに自分だけが伝えられたもの、それが密伝なるものでありましょうか。

それから、

――口伝とか、密伝とかいう言葉は、師利休も時に口にお出しになっておられたかと思います。

すると、

――なるほど、多分、そのようなことであろうかとは思ったが、一応確めておきたかった。それにしても、茶の湯の世界ばかりでなく、俗なこの世間にも、口伝もあれば、密伝もある！

江雪斎さまは言われたが、そのあとには触れず、

――もう一つ、あの中に〝枯レカジケテ寒カレ〟という連歌に関する言葉を取り上げて、紹鷗どのが〝茶ノ湯ノ果テモカクアリタキ〟と言ったということが記されてあった。〝枯れかじけて寒い〟というのは判るようで、判らない。何事にも酔わぬ、醒めた心と解

釈していいであろうか。

――たいへん難しいお訊ねで、私の手には負いかねます。本覚坊自身、あそこを写しながら、茶の湯の果てもかくありたきと、師の師に当る紹鷗さまが仰言る以上、どのような境地なのであろうかと思っておりました。何事にも酔わぬ醒めた心！　そうでございますか。なるほど、晩年の師利休がお立ちになっていた御心境も確かにそのようなものであったろうと存じます。いつも醒めておいでになった。

すると、

――いや、それは某の解釈。当っているか、当っていないかは存ぜぬ。醒めた心と言えば、紹鷗なる方も、利休どのも、さすがは茶湯者として名を立てた方、すべてに亘って醒めておられたと思う。あの中に利休どののお考えかと思うが、茶の湯の修行について、初めは何もかも師の教えを守る。次は一時期、師から離れてしまう。師が東と言えば、こちらは西に動く、こういう時期が必要だ。それでなくては自分というものを出すことはできない。そしてそうした上で、再び師の教えに返る。何もかも師の通りに振舞う。一器の水を他の一器に移すようにする。――人生もまた同じこと。乱世の武将の身の処し方も同じこと。太閤さまの御意の通りに動く。が、一時期、太閤さまから離れないと、自分を出すことはできない。自分を出した上で、再び太閤さまのお思い通りに動いてゆく。が、しかし、これはなかなか難しい。太閤さまから離れたところで、みな身を亡ぼしている。それをうまくなさったのは家康公。
――師利休は醒めたお心で茶の湯の修行というものをお考えになっていましたが、しかし、実人生を生きる術となりますと、――
――それこそ、本覚坊どのにお訊きしたいところである。利休どのがいかなる理由で、――

それから話は、自然に師利休の賜死事件に移って行った。いかにして師利休は死を賜ったか！　師利休の死から十三年経っているが、むしろこの頃になって、世上にはいろいろな噂が流れている。その多くは、どこからともなく自分の耳にも入っているが、また全く自分の知らないものもあった。江雪斎さまの口からそうした噂の幾つかをお聞きする。こうした自分と江雪斎さまの話を、大徳屋の主人は黙って聞いていた。口こそ差し挟まなかったが、うなずいたり、首をかしげたりしていた。太閤さまが亡くなられてから五年。世はすべてを挙げて家康公を戴いている恰好である。太閤さまのことをどのようにお噂しようと、さして問題にならぬ時代になっている。

――利休どのはどうして死を賜ったか。何の理由もなくして、太閤さまの突然のお怒りに触れたと見ている者もある。それから、理由はないわけではない、太閤さまの恩寵に甘えて、眼に余る振舞があり、それが禍を招いたと見ている向きもある。堺衆茶匠たちから降ろされたという尤もらしい説もある。天正十九年正月、聚楽屋敷に於ての家康公との一亭一客のお茶事、あれが太閤さまのお耳に入り、すべてを決めてしまったと説をなす者もいる。それからまた、半島出兵に関して、天下の輿論を統一するためには、慎重派の武将たちと親しかった利休どのを葬る必要があった！　そういう見方をしている者もあるようだ。まだある。利休どのの娘御のことも噂になっているし、以前から言われている大徳寺の山門事件、茶道具の売買。――口伝の形で囁かれているものもあれば、密伝の形で、茶人たちの間、あるいは武人たちの間に、重々しく伝わり流れているものもある。

――師利休もたいへんでございます。あること、ないこと取り上げられまして。

――左様、お気の毒なことだ。しかし、万止むを得ない。あれだけの仕事をなさっている方である。

――それにしましても、江雪斎さまのお考えは、どのようなものでございましょう。

――無理なお訊ねというもの。先刻申したように本覚坊どのがお判りにならなくて、誰が判ろう。

江雪斎さまはおっしゃった。そういう言い方の中には、私に何か一言発言を求めているようなところが感じられたが、私は黙っていた。黙っている以外仕方なかった。実際に口に出して言うべきことは、何もなかったのである。

申ノ下刻（午後五時）、帰宅。春の白っぽい夕暮が落ちかかっている時刻である。組内の相談があって、二、三軒先きの家に顔を出し、それを終えて家に帰った時はすっかり暮れている。

席に火を入れてから、そのままそこに坐っていた。一人になってから、堪らなく師利休の前に坐りたくなっている自分を感ずる。

——お疲れになりましたでしょう。

そう師に申し上げる。すると、すぐお答えが戻ってくる。

——そう、多少疲れていないことはない。世間というものはうるさいものだな。生きている時は生きている時で、死ねば死んだで——。

——一服お点てしましょうか。

——先きに点ててくれ。もう少し更けたら、わしが点てて進ぜよう。月があるようだな。

——お淋しそうな顔をなさっていらっしゃいます。

——淋しくはない。今日、本覚坊も口に出したが、あの枯れかじけて寒いという思いの中には淋しさはない。

——いつか、長い一本の道をお歩きになっていらっしゃいましたね。本覚坊は、あそこでお別れしました。

——覚えている。別れる決心がついてよかった。茶の湯を身すぎ世すぎにしてはいかん。師紹鷗時代はまだよかった。そのあとの時代になると、わしや宗二だけでいい。

――宗二さまは、世間で言うような御最期をとげられたのでありましょうか。

――追わなくてもいいではないか。生きようと、死のうと、山上宗二に任せておけばいい。たとえ耳鼻をそがれて死のうと、それはそれで茶湯者の本懐。

――妙喜庵の囲の、あの不思議な夜のことを覚えていらっしゃいますか。

――覚えている。

――あの席には、師のほかに山上宗二さま。

――そう。

――もうお一方は？

――さあ、誰が坐るかな。

――でも、あそこにはどなたかがいらっしゃいました。

――あの席は空けてあった筈。

――でもどなたかが。

――いいではないか、誰が坐っていようと、いまいと。誰でもあそこに置いたらいい。あそこにぴったりと坐れる者もあれば、坐れないものもある。本覚坊に選んで貰おう。こんな話はやめにして、先きに茶を点てさせて貰おうか。いつか聚楽屋敷の茶屋で、本覚坊のために茶を点てたことがあったな。あれ以来。

ここで、師利休の声はぷっつりと切れ、それからあとは何も聞こえて来なかった。

三章

古織さまのこと

古田織部《おりべ》さまのお招きを受け、伏見のお屋敷に参上して、お茶を頂いたのは二月十三日（註、慶長十五年、陽暦三月八日）のことである。それから早くも十日程の日が経とうとしている。

昨夜は春一番の強風が吹いて、多少荒れた空模様が続いているので、今日は家に籠って、当日の織部さまのこと、その折に出たお話のことなど、あれこれ思い出して、それを綴る仕事に一日を当てようかと思う。

この数年来、日録といった大袈裟なものではないが、毎日毎日のことを短い文章に綴る習わしになっているが、二十年ぶりで織部さまにお目にかかった日のことは、多少詳しく記しておかなければと、そのような気持になって、つい一日延ばしにしていたのである。

織部さまからこんどのお話が伝えられて来たのは、御指定の二月十三日から丁度一ヵ月前である。使いに立ってくれたのは、私も一、二度面識のある京の町人衆の一人。――久々でお目にかかって話を承りたい。当日はお茶を差し上げるだけで、お振舞の方は略させて頂く。未ノ刻（午後二時）にお越し願えたら幸甚に存ずる。――こういう伝言であった。使いに立ってくれた人の話では、このところ天下一の宗匠として多忙を極めておられる織部さまのこと故、このようなお招きの仕方しかできないのであろうということであった。

すぐ有難くお受けする。師利休在世時代には聚楽屋敷で親しく声もかけて頂いていたが、いつかそれから二十年の歳月が経過している。二十年という歳月は決して短いものではない。それなのに当時のことをお忘れなく、声をかけて下さったことも嬉しかったし、懐かしくもあった。それからまた今を時めく大宗匠としての織部さまの風貌にも接してみたかった。自分の年齢五十九歳から換算してみると、織部さまも六十七歳、師利休の歿年とそう遠く離れてはいない年齢である。

と言って、現在の織部さまに対して、構えるところが全くないというわけではない。師利休の歿後、太閤さまに取り立てられて、己が茶人としての地位を確保して行ったところなども、師利休を蔑《ないがし》ろにしていると言えば、言えないこともなかった。それから太閤さま亡きあとは、家康公のお伽衆に加わり、更に将軍家のお茶のすべてを取り仕切る現在の立場を、御自分のものとされたが、それは、まあいいとして、問題は織部さまによって師利休の茶が、すっかり変えられてしまったと噂されていることである。どのように変えられたか、現在の本覚坊には想像すべくもないが、そのように世上で取沙汰されている以上、少しでもそのようなことがあるのであろうと思われる。

が、それはそれとして、織部さまから、二昔前のことを忘れないで声をかけて頂いたということには、しんとしたものを覚えずにはいられない。何よりも師利休とお親しかった方とお話できる悦びである。師利休のお話もいろいろと出るであろう、そう思っただけで、心は悲しみとも悦びともつかないもので、きつく締めつけられてくるのを覚える。江雪斎さまでも御健在であれば、時折お目にかかって、師利休のことをお話したり、山上宗二どののことを話題にのせたりすることもできるのであるが、その江雪斎さまも、昨年六月、七十四歳で御他界になっており、それ以後というものは全くの自分独りの明け暮れ、そういう時に、織部さまからお声がかかったのである。御伝言を頂いた日から御指定の二月十三日まで、一ヵ月という日時が、このように長く感じられたことはなかった。

織部さまのお屋敷に参上する十日前に白梅が綻び、参上の前日に紅梅が開いた。紅梅が開いた日、家の背戸から裏山にかけて歩いて、蕗の薹《とう》を摘む。伏見に手土産として持参するためである。

その日は午後に京に出、寺町の大徳屋に一泊。そして翌日、朝立ちで伏見に向かい、午刻、伏見に到着、六地蔵前の知人宅にて休憩、定刻に織部さまのお屋敷に入る。

微かに香の薫が漂っている露地、そこに御案内があって席入り。萱ぶきの数寄屋、躙口《にじりぐち》より入る。茶道口から、織部さまお出ましになる。お見受けすると、二十年前よりは一廻り大きくおなりになった御恰幅、人の心を見透《みとお》してしまわれるような双の眼の鋭さは、少しも以前とお変りになっていらっしゃらぬ。

——お久しゅうございました。

深々と頭を下げると、

——そこもとも達者で何より。

——お懐かしゅうございます。

——それがしも懐かしく存ずる。

涙が眼に溢れてくるのを、いかんともし難かった。

——本覚坊どのは、少しも変っておられぬな。

——はい、織部さまも。

——お互いに二十の年齢は加えているが。

——その二十年を耐えて参りましたのに、お声をかけて頂きまして。

——それがしも、また耐えて来た。

この時、どうして織部さまのお茶が変っていようかと思った。

座敷は三畳台目、床に利休の文。

織部さまのお点前で、お茶を頂く。茶入は一度眼にしたことのある唐物生高《せいたか》、茶碗は唐津。お肥りになられたせいか、体のこなしのすべてが、師利休に生き写しで、師のお心にぴたりと寄り添ったお点前だと拝見する。

お茶を頂いたあと、改めて床の軸の方に眼を向けて、

――久しぶりで師利休の前に坐らせて頂きました。

と申し上げると、

――箱根よりの御消息。それがしもめったにお目にかからぬが、今日は久々にて。

――御配慮のほど有難く、忝く存じます。

――もう一つ、お目にかけたいものがある。

織部さまは起ち上がって行かれたが、間もなく戻って来られると、

――これは、本覚坊どのも御存じないもの。

そう言って、茶杓と筒をこちらに差し出して寄越された。体を折って、茶杓を拝見していると、

――それは利休どのの形見の品。堺にて茶杓二本を削られ、一つを拙者に、一つを三斎どのに。

思わず手の震えて来るのを、どうすることもできなかった。しいんと心の鎮まって行く

ような静かな、つつましやかな形である。師利休の最期のお心がここに入っているのであろうか。筒はもちろん織部さまがお造りになったものであろうが、竹筒の内も外も真塗りにしてあり、ほぼ中央と思われるところに方形の窓が開けられている。

――銘は？

――なみだ（泪）。

――師利休が……。

――いや、利休どのは〝なみだ〟とはおつけにならぬだろう。銘をおつけになるのはお上手で、誰も真似て及ばない。いつもからっと乾いていて、爽やかな風が吹き抜けている。

その通りであった。では、織部さまが――、と口に出かかったが、危いところでとどまった。織部さまでなくして、誰が〝なみだ〟というような銘をつけるであろう。

――三斎どのの銘は〝いのち〟と承っている。御自分のいのちとしているものには、余人はなかなか近寄れぬ。余もまだ拝見していない。それにしても〝いのち〟とは、三斎どのがおつけになりそうな銘だと思う。毎日、己がいのちとして、三斎どのは形見のお品に対面しておられるのであろう。

そういう言葉を聞いて、はっとした。それなら織部さまの方は、毎日のようになみだする思いで、師利休から拝領したこの茶杓に対面しておられるのであろうか。改めて、もう一度、筒を拝見する。筒に開けられてある窓に眼を当てる。この時初めて、筒が位牌仕立てであることに気付く。織部さまは毎日のように、この茶杓を、師利休の位牌替りに拝んでいらっしゃるに違いないのである。現在はともかくとして、太閤さま御在世の時期は、織部さまはそのようにしていらっしゃったに違いないのである。師利休の位牌を拝んでいるのは、この本覚坊ばかりではないのである。ここでまた耐えねばならなかった。涙は眼に溢れている。

そうした本覚坊を知ってか、知らずか、

――銘をおつけになるのはお上手だった。〝早船《はやふね》〟という長次郎の赤楽茶碗をご存じか。

そういう声が聞えて来た。

――その名前は伺ったことがございますが、実物にお目にかかったことはありません。

――あれは天正十四年、いや十五年か。大分遠い昔のことだから、正確なことは覚えていないが、利休どののお席で、氏郷どの、三斎どの、それに拙者と、三人で、〝早船〟でお茶を頂いたことがある。

それから話は、その〝早船〟へと移って行った。こういうお話だった。聚楽屋敷に於ての暁の茶会の時のことである。客は織部、氏郷、三斎のお三方。その席に初めて眼にする赤楽茶碗が出た。大振り、口造りは少し抱え、高台は低い。外側も内側も一面の赤釉、ただ外側の一方に窯変《ようへん》があって青緑色を呈し、何とも言えぬ面白い景色を作り出している。ゆたかで、華やかで、それでいて辺りを払うしんとしたものをも持っている。三斎さまが真先きに何焼きであるかを師利休にお訊ねになった。すると師は、この茶会に間に合わせるために、早船を仕立てて高麗から取り寄せた茶碗であると、こうお答えになった。

——言うまでもないことだが、その時、茶碗の銘は〝早船〟と決まった。すがすがしい銘のつけ方である。利休どのはいつも、このようにして心でお遊びになって銘をおつけになっておられる。しかも、ぴたりと的を射ている。長次郎の赤楽が早船で運ばれて来た茶碗に見えるから不思議である。この暁の茶会に於ては、もう一つの事件があった。

事件というのはこういうことである。その席で、氏郷、三斎のお二方が、殆ど同時に、早船を譲り受けたいと師利休に申し出られた。お二方はかなり烈しい御執心である。その席では師利休は終始黙って笑っておられたが、茶会が終って、それぞれがお引き取りになったあと、すぐ織部さまにお手紙を差し上げた。氏郷、三斎お二人共、〝早船〟に執心であるが、自分としては、〝早船〟は氏郷さまにお譲りしたい意向である。このことを三斎さまに納得して貰うよう取り計らって頂けないか。氏郷さまは明日京を離れられるので、一切を今日のうちに取り仕切って、解決して頂くよう、書面にはこのように認められてあった。

——利休どのの書面はそれがしの許に届けられたが、書面の宛名は〝両三人まいる〟となっている。こういうところは、利休どのの利休どのたるところである。細かく気をお遣いになっていらっしゃる。〝早船〟の所持者を氏郷どのに決められたところなども見事である。あの赤楽茶碗は氏郷どのの所有物となって、初めて落着く底《てい》のものである。氏郷どのは、どこかに清濁併せ呑む大胆なところも、図太いところもお持ちになっておられる。その時の利休どののお心の中には、三斎どのの方には赤楽でなくて黒楽の方を、というところがあったのではないかと思う。赤楽は三斎どののものではない！　もしそうお考えになっていたとしたら、これはまたこれで見事という他はない。相手の茶人としての性格まで、底の底まで見抜いておられたと思う。

それから、

――その氏郷どのも、後に会津黒川九十二万石の大身になられたが、惜しくもお亡くなりになり、いつかそれから十数年の歳月が流れている。利休どのの事件のあと、次男少庵どのをお引きとりになり、面倒を見られたと伺っている。誰にでもできることではない。やはり見事な御仁だったと思う。

このことは初耳だった。師利休の御遺族がどのようになっておられるか、自分の場合は何事も知らずに、ただ茫々二十年の歳月の流れに身を任せているだけである。

――師利休はやはりお仕合せであったと思います。このように織部さまに、そのすべてを判って頂いて。

こう申し上げると、

——いや、大切なところは判っていない。最期のお気持が判っていない。利休どのは御自分がなぜ死を賜ったか、そのことはよくお判りになっていたと思う。そのようなことがお判りにならぬ方ではない。判らないのは利休どの以外の者たちである。

——織部さまは?

——もちろん、それがしにも判らぬ。三斎どのも、おそらくお判りになっていないだろうと思う。ただいろいろと臆測するだけのことである。世上では相変らず、いろいろなことが言われている。新説もあれば、旧説もある。

——密伝もあれば、口伝もあると仰言った方もございます。

——そう、密伝もあれば、口伝もあるだろう。が、事件から二十年、当の太閤さまもお亡くなりになっておられる。密伝も、口伝も、新説も、旧説も、蓬々たる草に埋まってしまおうとしている。が、余には、おそらく三斎どのもそうであろうと思うが、ただ一つ知りたいことがある。一番大切なことを知りたい。が、その大切なことが判っていない。堺にお移りになってからの十何日、利休どのはどのような御心境にあったか、その最期のお気持が判っていない。利休どのは何をお考えになっておられたのか。——本覚坊どのは、どのようにお考えか。

——さあ、わたくしなどには。

そう申し上げる他はなかった。

――一体、何をお考えになっておられたのであるか。どうして申し開きをなさらなかったのであるか。いかようなお憤りであれ、解けぬ筈はなかったと思う。

――そういうような、申し開きをなされればお憤りの解ける、そういうお立場にあったのでございましょうか。

――そうであったと思う。が、一言も申し開きはなさらなかった。誰にもお縋りにはならなかった。あの時期の利休どのが、どのような御心境にあったか、このところ、いつも、そのことが気になっている。永年、一番身近かにお仕えしていたそこもとは、いかがお考えか。

――織部さまがお判りにならぬことが、どうしてこのわたくしなどに判りましょう。ふいに聚楽屋敷からお立ち退《の》きになった、そして再びお目にかかることはなかった、ただそれだけでございます。どこで御自刃遊ばしたかも存じません。何が何か、いっこうに判ってはおりません。

――いや、この話はここで打ち切りと致そう。そこもとを招いたのは、利休どのが、いかに立派であったか、いかにすばらしかったか、こういうこともあった、ああいうこともあったと、利休どののお話をしたかっただけである。話が横に逸れて、深刻になってしまった。

それから、

——三斎どのにはお会いになっておられるか。

——お目にかかっておりませぬ。たまにお噂を耳にするだけでございます。二十年前のお若い三斎さまとは違って、わたくしなどが簡単に——。

——そのようなことはあるまい。いつか機会があったら、そこもとのことをお耳に入れておこう。悦ばれるだろう。三斎どのは利休どのに、利休どののお茶に殉じておられる。その点は、そこもとと同じこと。公けの茶会には殆ど姿をお見せにならない。利休どのの亡きあとは、みごとに茶の世界から身を退いておられる。御自分一人か、親しい人たちだけと茶を点てておられるようである。天晴れのことだと思う。そこへゆくと、それがしなどはふらふらしている。大切なことは三斎どのにお任せし、毎日毎日、忙しく茶事、茶事で過ごしている。利休どののお笑いになっている顔が見えるような気がしている。もういい加減にしたらどうか、そういうお声も聞こえてくる。それでいて、一方ではあたたかく見守っていて下さるようにも思われる。それはともかくとして、家は洩らぬほど、食は飢えぬほど、これ茶の湯の本意なり、そうとばかりも言っておられぬ時勢でもあり、毎日でもある。

　そう言って、織部さまはここで、大きくお笑いになった。屈託ないお笑いだった。

結局一刻ほどお茶室に坐らせて頂いたあと、申ノ刻（午後四時）にお暇申し上げる。織部さま、露地を出て、広庭のかかりのところまでお送り下さる。

織部さまのお屋敷を辞した足で、すぐ京への帰途に着く。二里の道中を歩いたり、休んだりしながら、ずっと満ち足りた思いの中に入っている。織部さまにお目にかかって、本当によかったと思う。世間ではいろいろと取沙汰しているが、織部さまのお気持は二十年前と少しも変っておられず、師利休にぴたりと寄り添っていらっしゃる。それをわが眼、わが心で確と見届けた思いである。

〝なみだ〟のお話もよかったし、〝早船〟のお話もよかったと思う。こういう日は誰にも会わぬ方がいいと思って、昨夜厄介になった大徳屋にも立ち寄らず、そのまま修学院在の己が住居を目指す。

六ツ半（午後七時）、帰宅。その夜はずっと織部さまと一緒に居る。思いを織部さまからはなすことができないのである。

そうしている時、思わずはっとして炉端から立ち上がる。何と迂闊なことであったろうかと思った。二月十三日という今日の日は、二十年前に師利休が聚楽屋敷を出て、堺に向かわれた日である。それからまた、織部さまが三斎さまと共に、師利休を淀までお送りになった日でもある。瞬間、全身が恥で塗《まみ》れたような思いを持った。織部さまが師利休と最後の別れをなさった日なのである。こうした特別な日を、織部さまは本覚坊と師利休のお話をして過ごそうとなされたのであろう。それに違いないのである。そうした亭主の気持ものみ込めぬ不覚な客であったと言う他ない。

師利休の忌日は二月二十八日である。毎年、その日の仏事は欠かしたことはないが、二月十三日という今日の日と、織部さまの関わり合いについては、甚だ以て不覚なことながら、そこまでは思いが及ばなかったのである。

織部さまのこうした師利休に対するお心の内に思いを致すと、今日口からお出しになった織部さまの一言一句が、また異った重さでこちらに伝わってくる。織部さまは師利休が最期にどのようなことを考えておられたか、それが判らないとおっしゃった。

——ただ一つ知りたいことがある。一番大切なことを知りたい。が、その大切なことが判っていない。堺にお移りになってからの十何日、利休どのがどのような御心境にあったか。どうして一言も申し開きをなさらなかったか。あの時期の利休どのは何をお考えになっておられたか。

織部さまがおっしゃったように、これは師利休に関する一番大切な問題であるに違いないのである。

——永年、一番身近かにお仕えしていたそこもとは、いかがお考えか。

確かに織部さまはこう言われた。一番身近かに仕えていたことは事実である。その一番身近かに仕えていた者としての考えはどうか、こういう御質問である。

それに対して、織部さまにお判りにならないことが、どうして自分如きに判るであろうか、とお答えした。この返事にはいささかのまやかしもない。確かにその通りなのである。が、もし織部さまが重ねて、同じ問いを口からお出しになったら、自分の口から出る言葉は多少別なものになっていたかも知れないと思う。

――師利休の最期のお気持は、私にはよく判っております。どうして判らずにおられましょう。師利休は最期まで師利休でいらっしゃったと思います。ただそれを言葉で言えと言われても、それができないだけでございます。堺にお移りになってからの師利休のお気持は、私にはよく判っております。どうして判らずにおられましょう。

師利休とお別れしてから二十年、この夜ほど師利休の前に居住まいを正して坐っていたことはなかったと思う。

――口に出して言えなかったら、言わなくてもいいではないか。

そんな師利休の、本覚坊を労って下さるお声が聞こえてくる。それも一回や二回ではない。何回も聞こえてくる。そうした師利休のお声の飛礫《つぶて》の中に、私は何もお答えしないで、ただ端坐して、凍りついたような心を抱きしめて、暁を迎えたのである。

古織さまのこと・再び

今日、九月廿二日（註、慶長十六年、陽暦十月廿七日）、織部さまからお招きを受けた朝の茶事に赴く。

昨夜は伏見の知人宅に一泊、今日定刻に、織部さまの数寄屋に入る。この前にお招きを受けた時から一年半の歳月が経っている。この春、お声がかからなかったので、もう再びこの数寄屋に入ることはないのではないかと思っていたが、秋も深くなってから、こんどのお招きとなったのである。

この一年半の間に、織部さまの宗匠としての御名声は一段と高くなっている。一万石の隠居大名であるには違いないが、昨年秋には将軍秀忠公に台子伝授のことがあって、今は押しも押されぬ将軍家の茶道御師範である。大茶人、数寄の第一人者、天下大和尚、そうした呼び方がいささかの不自然さもなく聞こえるようになっている。

その織部さまから、こんどもまた指定の茶事の日の一ヵ月前に、お声がかかったのである。この前のこともあるので、こんどは九月廿二日という日が織部さまにとっていかなる日であるか、予め心得ておかねばならないが、これはあれこれ思案するまでもなく、すぐ師利休と織部さまの一亭一客の茶事の日であることに気付く。天正十八年九月廿二日の朝の茶事である。

同じこの日の昼の茶事は、大坂の木村屋・宗左衛門さま、夜は毛利輝元さま、それぞれお一人。そしてその翌廿三日の朝は、何を忘れよう、この本覚坊が師利休から、これまた一亭一客でお招きを受けているのである。今にして思うと、あの時期は、師利休があと半歳足らずに迫っている己が運命を予感なされてか、親しかった方たちとのお別れの茶事に励んでいらっしゃったとしか思われぬ。

おそらく織部さまにとっても、この廿二日の朝の茶事が、師利休との最後の一亭一客のそれではなかったかと思う。言うまでもなく聚楽屋敷の四畳半。茶事の控えがないので正確なことは言えないが、おそらく瀬戸水指、四方盆に茶入は尻ふくら、或いは木の葉ざる。それに薬師堂天目という取合せであったか。

それはさておき、この日お目にかかった織部さまは、昨年の春と少しもお変りなく、むしろ色艶も冴え、声にも張りがあって、古稀を真近かにしている方とは思えなかった。

この前と同じ三畳台目の席に入る。床には寧一山《ねいいっさん》の墨跡。

お茶を頂く。茶入は瀬戸辻堂、茶碗は噂に聞いていた瀬戸の沓形《くつがた》の黒茶碗。お点前はこんどもまた師利休にぴたりと寄り添って、大きく、自由で、静かである。が、道具の方は、こんどは師利休からはなれて、御自分の好みのものをお使いになっているようにお見受けする。

お振舞は鮭の焼物、小鳥、汁、めし、ゆみそ、菓子（ふのやき、くり）。

頃合を見計らって、この前、お招きの日がいかなる日であるかも気付かず、甚だ不調法であったことをお詫びする。

――まあ、いいではないか、そんなこと。この前は梅季節《どき》の茶、今日は萩季節《どき》の茶。

織部さまは、そう言ってお笑いになった。こういうところはさすがである。こちらも、今日という日がいかなる日であるか、そうした言わずもがなのことは申し上げないことにする。

——余も来年は利休どの御他界の年齢になるが、この頃になって、利休どのがおっしゃったことの真の意味に、ああ、こういうことであったかと、初めて気付くことがある。この間も、こんなことがあった。

そう切り出されて、本覚坊も一度、その前に坐ったことのある鷺絵のお話をされた。

——忘れもしない天正十三年五月のことであるが、ある茶事の席で、利休どのに数寄の極意は？　とお訊ねしたことがある。今ならこのようなことは口に出さないが、まだ四十歳そこそこ、茶の湯に血道をあげている最中である。とんでもないことを臆面もなく口に出したものである。すると利休どのは、奈良の松屋家に徐熙《じょき》の鷺の絵がある。唐絵であるが、天下の名品として知られている。その鷺の絵を会得するなら、天下の数寄というものを合点するであろう。まずその鷺の絵を見てみることである、こう言われた。そこで翌日、直ちに馬で奈良に向って、その鷺絵なるものを拝見した。そこもとも、鷺絵は——？

——一度、師利休のお供で松屋家を訪ねた折、拝見しております。

——どうお思いだったか、あれを見て。

——これが有名な鷺絵なのかと思って拝見いたしました。そのほかには別に——、でも、二羽の白鷺の美しさはまだ眼に遺っております。

——そう、緑の藻の中に二羽の白鷺、そして二枚の蓮の葉。水草の方は二つの固まりとして描かれ、それぞれに花が一つずつ開いている。確かに立派なものである。珠光どのが足利将軍から拝領したものと言われるだけあって、唐絵中の逸品であるには違いない。しかし、これによって侘数寄を会得しろと言われても、どのように受けとっていいか、甚だ困惑する。

それから、

——この間、久しぶりで、実に二十数年ぶりで、その鷺絵に再会した。表具が傷んでいるので、どのように繕ろったらいいか、その相談を受けた時である。それを、この席の床で拝見した。その時、初めて利休どのが言われていた意味が判った。絵もいいが、問題は表具である。一文字なしの中風帯《ちゅうふうたい》！　思わず唸りたいような気持になった。利休どのはこの侘表装のことを言っておられたのかと思った。唐絵をこのような着物を着せて活かした珠光どのもさすがであるが、それをちゃんと見ておられた利休どのも豪いと思う。確かに侘数寄の眼目は、こういうところにあるに違いないと思った。

それから、

——利休どののもう一つの豪さは、それを説明なさらない点である。自分で考えて、自分で会得せよ、そうおっしゃっているところがある。鷺絵の場合ばかりでなく、近頃、そうした利休どのの心に突き当ることが多い。

織部さまは、ここで言葉をお切りになって、

——そうではないか。

と、念をおすように言われた。

——その通りでございます。私もこの年齢になりまして、師利休の言葉の一つ一つが心に応えて参ります。

それから、

——鷺絵の表具のお繕ろいは、どのようになさいましたか。

と、話をもとに戻した。

——触《さわ》れない。あれだけのものになると、怖くて、手がくだせない。一指も触れせしめないところがある。もし触ることのできるところがあるとすれば、紐ぐらいかと思うが、紐を替える決心も、容易なことではつき兼ねる。まあ、触らない方がいいだろう。

こうおっしゃって、織部さまの方は織部さまの方で、話をもとに戻された。

——本覚坊どのは利休どののお傍に仕えておられて仕合せだった。たくさんの利休どのの言葉が、現在のそこもとの心に生きて来ることであろう。

——その点は果報でございます。織部さまの場合、師利休との往来が最も繁かったのは、いつ頃のことでございましょうか。

こうお訊ねすると、

――そう、いつのことになるかな。しかし、いま振り返ってみて、一番利休どののお傍にいたように思うのは、小田原役の頃であろうか。こちらは関東に出陣しており、利休どのの方は箱根、めったにお目にかかれなかったが、ふしぎなことに、ずっとお傍にいたような気がする。

――そうでございましょう。

すんでに口に出しかけたが、危いところでその言葉を呑み込んだ。その頃、つまり小田原役の頃、師利休が箱根の宿舎で言われたことを覚えている。――織部どのは昼は合戦、合戦が終ると茶。合戦の合間に茶でなくて、茶の合間に合戦。戦況のことも、功名手柄のことも一切触れないで、茶杓や花入のことばかり認めた消息を、三日にあげず下さる。こちらもそれに対してお返事を差し上げる。奇妙なやりとりである。茶の湯執心もあれだけ烈しくなると、天晴れと言う以外、ほかに言いようはない。

――あの頃、小田原役が終って、戦火収まったばかりの時、小田原に利休どのをお訪ねしている。ご存じか。

――存じております。

――あの時、利休どのと二人で、由比ケ浜に馬を駈けさせたことがある。余が先きに駈け、利休どのがあとについて下さった。海辺に出ると、利休どのが、いかに織部どの、この塩浜の景色は？　と言われた。お訊ねの意味が判らなくて黙っていると、この塩浜へ波の打寄せる景色を見て、風炉《ふろ》の灰もまさにかくあるべきだと思った。こう言われた。こういうところが、利休どのの利休どののたるところだと思う。どこに行かれようが、四六時中、茶の心をお離しになっていない。

——侘数寄常住、茶之湯肝要。

——利休どののお言葉か。

——左様でございます。でも、これは本覚坊が直接うかがった言葉ではありません。今は亡き東陽坊さまが師利休のお口からお聞きになったもので、それを東陽坊さまが、わたくしに披露して下さいました。

——侘数寄常住、茶之湯肝要、なるほど利休どののすべてが入っている言葉だな。東陽坊どのとは話はしたことはなかったが、二、三度、聚楽屋敷でお会いしている。亡くなってから、——。

——慶長三年春の御他界でございますから、もう十三年。

——侘数寄者中の侘数寄者。もうあのような御仁はあとを断ってしまった。

——織部さまが、——

思い切って口に出すと、

——誰もそう言ってはくれぬ。

この場合も屈託なくお笑いになって、

——三斎どのがひと手で引受けて下さっている。三斎どのには、この間、上洛された折、久々でお会いした。この機会に遠州どのをお引合わせしようと思ったが、なかなか諾《うん》と言われぬ。別に他意あってのことではない。二条城の庭を造ったと聞いているが、合戦も知らぬ若者が庭など造れる筈があろうか、こういうお考えである。三斎どのも六十歳、そろそろいっこくになっておられる。大分前の話だが、誰かが日を決めて三斎どのの屋敷に道具拝見に出向いたら、玄関から奥座敷まで、廊下にずらりと武具が並んでいた。鎧、兜、槍、刀。そこで、武具の方は拝見したが、茶のお道具の方は？　と伺いをたてると、武士にとって道具と言えば武具しかない。こう答えられたそうである。合戦がなくなった時代の茶に腹を立てておられる。

ここでまたお笑いになって、

——しかし、平和な時代には平和な時代の茶。これはいかんとも為し難い。いま話に出た若い遠州どのあたりが、そういう茶を取り仕切って行くようになるだろう。

——遠州さまはお幾つぐらいでございましょうか。

——まだ三十台の半ば、もう少し早い時代に生れて頂いて、利休どのにお引合せしたかったと思う。

お話は面白かったが、余り長くなるので、そろそろお暇しなければと思っていると、

――この前も申したかと思うが、今も相変らず利休どのの最後の御心境が気になっている。申し開きさえなされば、お助かりになったと思うのに、それをなさらなかった。ご自分でも、そのことはよく御承知だった筈である。それなのに、そうなさらなかった。茶は自分一代でいい、こうお思いだったのか。

――――

――自分の茶は亡びるのがいい、こうお考えだったか。

――――

――自分の茶が、もうこれ以上生きて行けぬことを、お見透しだったのか。

――――

――寿命を全うするのがお厭だったのか。

――――

――どうお考えか。

――さあ、どのようなことでございましょう。

それから、

――織部さまにお判りにならぬことが、どうしてこのわたくしに判りましょう。

一年半前と同じ言葉を口に出す以外仕方なかった。が、こうお断りしておいて、こんどは、

——師利休は、御自分を偽られるようなことは、なさらなかったのではないでしょうか。

——自分を偽るとは？

——不本意ながら、ご自分に覚悟を強いたりするようなことは、一切なさらなかった！　そのように思います。申し開きをなさるより、なさらない方が、師利休には自然だったのではないでしょうか。もっと生きたかったら、師利休はきっと生きられたことでありましょう。そのくらいのことがおできにならない方ではないと思います。わたくしには、ただこのようなことしか申し上げられません。永年、師利休のお傍にお仕えしていた本覚坊の、本覚坊なりの師利休の死の受け留め方でございます。お答えにはなっておりませんが、この二十年、漠然と感じていることを、ありのまま申し上げてみました。もう少し納得して頂けるような言い方があるに違いありませんが、それができません。

それから、まだ言い足りない気がして、更に続けた。

——御無念！　そういう気持はお持ちになっていなかったと思います。銘をおつけになる時のようにさらりとして、これでいい、そうお思いになって、自刃の場にお坐りになったのではないでしょうか。

——それにしても、無理がないということは難しいと思う。死を賜ったから、自刃された。死を賜らなかったら、そのままお生きになっていた筈。

――師利休の場合は、おそらくそのどちらも自然であったのではないでしょうか。生きる場合は生きるのが自然、死を賜った場合は、その死を受けるのが自然。――このようにお話していますと、自分が何を申し上げているのか判らなくなってしまいます。

――　――

――この二十年、毎日のように師利休とお話をしておりますが、いまだ一度も無念そうなお顔はお見せになりませんし、悲しそうなお顔もお見せになりません。ただ時に、淋しそうなお顔をなさることがあります。でも、この淋しそうなお顔は生前の師が時折お見せになったものでございます。

――いや、忝く存ずる。そこもとの考えを聞いて、すべてを納得するわけにはゆかないが、しかし、利休どのは確かに、生きたかったら、生きられたに違いない。それができない方ではない。生きるより生きない方がいいとお思いになったのであろう。それを無理でなく、自然にお考えになる立場に立たれたのであろう。ただ、何が利休どのをそのようにしたか、それが判らない。そういうものがあったに違いないと思う。本覚坊どのの利休理解は、おそらく間違いないものであろう。二十年、毎日のように利休どのと話をされているそこもとに、誰も敵《かな》うものはない。

織部さまは言われた。最後にお茶をもう一服頂く。そして長居したお茶屋から引き退がる。こんどもまた露地を出て、広いお庭のかかりまでお見送り下さった。

古織さまのこと・みたび

約半歳ぶりで暮の京の町に出る。暮も暮、年の瀬の押しつまった廿八日（註、慶長十九年十二月）、この日大徳屋の分家の主人の三回忌が寺町の寺で営まれるので、それに顔を出すために、町に足を踏み入れたのである。この法要は本来なら十月に営まれるべきであったが、合戦騒ぎで延び延びになっていたものである。

実際にこの秋の天下の情勢は大徳屋の分家の法要どころではなかった。石田治部（三成）さまが兵を挙げて関ケ原で破れたのは慶長五年、いつかそれから十四年という歳月が経っており、世は徳川さまの天下、治部さまのことを最後にして、もう再び猛々しいことが起ろうとは誰も思っていなかったのであるが、難しいもので、それがそういうわけにはゆかなかった。今年になってから何となく世は騒がしく、修学院の在にまで、江戸と大坂の間に一合戦あるのではないかと、そのような物騒な噂が流れた。まさかと思っていたが、噂の方が正しかったようである。すべてはあっという間に起った。徳川軍が大坂城を囲んだという噂を耳にしたのは十一月上旬、そして和が議せられたと聞いてほっとしたのは今月の上旬、ついこの間のことである。

京の町は想像していたとは打って変って、静かだった。町中が兵馬で埋まっているように思い描き、人からもそのように聞いていていたが、いささかもそうした気配はなく、いつもの年の暮の、町中が凍りついているような、しんとした京の都であった。こういうところは徳川さまの押えが行き届いている感じで、合戦はあっという間に始まり、あっという間に和議成ったが、すべては余裕たっぷりに、一方的に行われたのであろうと思われる。

それはそれとして、法要の席で京の町人衆の一人から、織部さまに関しての思いがけない噂を聞いた。これほど驚いたことは余りない。何でも、こんどの大坂城攻めが始められた先月末に、織部さまはどこかで負傷なされ、何日か前に伏見のお屋敷にお帰りになったということである。

御負傷は御負傷だが、味方のどなたかの、確か佐竹さまの御陣と承ったが、そこにお見舞に赴かれ、戦端が開かれている最中であるのに、楯の竹束の蔭にお入りになって、茶杓になる竹を物色なさっていたそうである。そしてその時城内から撃ち出された鉄砲のたまで手負われたということである。

御負傷は事実らしいが、また聞きのまた聞きなので、真相は判らない。だが、どうも余り御名誉ではないこととして、そのお噂は流れているようである。このお噂を耳にした時、楯の竹束の中に入って、茶杓の竹を探しておられる織部さまの御様子が、まるで自分が見たように眼に浮かんできた。そのようなことをなさりそうなところがある。確かに織部さまにとっては、合戦より茶杓の方が大切であるに違いないのである。この前お目にかかってから三年余の歳月を経過しているので、すでに古稀を過ぎていらっしゃる。すぐこのまま、伏見のお屋敷にお見舞に参上したい気持切なるものがあったが、諸般の事情から推して、そういうわけにもゆかぬようであった。

暮方、修学院在の自宅に帰ったが、その夜、久しぶりで、と言うより初めて、織部さまとお話する。自問自答、だが、織部さまがそこにいらっしゃるようにお顔も見えて来るし、お声も聞えてくる。

――もう御高齢なので、そんなところに出入りなさらなくても。

――そうも言っておられぬところがあってな。だが、こんどはしくじった。

あの屈託ない笑い声が続く。この時初めて気付いたことであるが、屈託ない笑い声には違いないが、どこかに空虚なものもないではない。

――それにしても、徳川方の御陣にいらっしゃってよろしかった。

――そりゃ、将軍家の茶道師範だからな。

――でも、お間違いになりかねない。

――そう、そういうところもある。

――いずれにせよ、もう合戦はいけませぬ。

――そう見限ったものではない。若い時は合戦、合戦で明け暮れている。馬を乗り入れた合戦の数は、簡単には算えきれない。

――存じ上げております。でも、もう、――。

――茶事、茶事で毎日を過しているより、時には合戦もからっとしていい。勝とうと、敗けようと。だが、敗ける方にはつかぬ。毎日、毎日、茶を点てているので、そのくらいの勘は働く。

それから、

――もう寝ませてくれ。軽い傷だが、多少痛む。

これで、織部さまの声は聞こえなくなった。声は聞こえなくなったが、その辺りで笑っていらっしゃるような気がする。この夜に限ったことではないが、どこかに世を捨てたところがおありのような気がする。それを華やかな名声で匿していらっしゃるように思われる。

この前お目にかかってからの三年余の間に、本覚坊の心に自然にお入りになり、お坐りになってしまった織部さまのお姿である。利休どのが御在世なら、為すべきことは沢山あるが、お亡くなりになってからは、もう何もない。いつもそんなお顔である。

四章

十月廿八日、庚申、天晴——註、元和三年、陽暦十一月廿六日——

午刻、大徳屋に赴き、饗応にあずかり、主人と連れ立って建仁寺に出向いて行く。そこの方丈に織田有楽《うらく》さまがお越しになっておられるということで、お約束の時刻に遅れないように、少し早めに寺町の大徳屋を出る。

織田有楽さまはかねがね建仁寺塔頭《たっちゅう》のうち、無住荒廃の坊を興し、その敷地内に隠居所を造りたい意向を持っておられたが、建仁寺側との話が一応固まったのか、その候補地を一緒に下見してくれないかというお話が、大徳屋の方にあったということである。そしてその大徳屋から誘いを受けて、この本覚坊も、一緒にその下見に同道させて貰うことになったのである。

大徳屋の主人の方はいかなる関係か知らないが、何かと有楽さまから声をかけて頂いている模様で、このところ、有楽さま、有楽さまと、大変な気の入れ方である。

そして私にも一度有楽さまにお会いしておくようにと、何回も二条の有楽屋敷への誘いがあったが、その好意は好意として、肝心の本覚坊の方の心がそれに乗って行かなかった。一昨慶長廿年六月、大坂城が落ち、豊家が亡んだ直後、いかなる理由によってか、織部さまが死を賜って自刃されるという殆ど信じられぬような事件が起ってからというものは、もうこの世に会うべき人はない、そんな気持になって、その日、その日を過して来ている。

このような日録の筆を執っていても、織部さまのことを思うと、心は言い知れぬ悲しみで締めつけられて来るのを覚える。織部さまのような方が、どうしてあのような運命をお迎えにならなければならないのであろうか。織部さまとは、遠い昔のことは別にして、慶長十五年、十六年と二回お目にかかっているだけであるが、織部さまのお心のうちは、隅から隅まで、この本覚坊にはよく判っている。どうして判らないことがあろうか。織部さまは春が来てもお一人、秋が来てもお一人、といったところがおありになった。師利休亡きあと、そのようにおなりになったのである。利休どのがあってこそ侘茶、利休どの亡きあと、なんの侘茶であろうか。侘茶は師利休と自分だけが判り、他の者などに何が判ろうか、そうひとりでお決めになっているところがあったと思う。きびしく言えば、その点では三斎さまにもお譲りにならなかったのではないか。だから天下一の宗匠になられようが、将軍家の茶道御師範になられようが、さして本気にはなっていらっしゃらなかったと思う。自分ひとりで茶を点てていらっしゃる時だけが茶人、あとはどうでも、といったところがおありになったに違いない。そうしたおひとりの時のお姿を横から拝見したかった。あのお顔が凜と引き緊まり、体全体に厳しく人を寄せつけぬものをお持ちであったろうと思う。

　そうした織部さまが将軍家の茶道御師範でありながら、どうして大坂方に内通などなさるであろうか。合戦の最中に楯の竹束の中にお入りになって、茶杓の竹をお探しになることはあっても、将軍家に弓ひくことなど思いも寄らぬことであろう。

　それなのに大坂方への内通という罪状で死を賜り、そしてあの伏見のお屋敷に於て自刃遊ばされたのである。もちろん豊家への御恩顧もあったであろう。しかし、それを重しとなさるなら、太閤さま亡きあと、家康公のお伽衆に加わったり、将軍家の茶道御師範を引き受けられたり、そんなことはなさらなかった筈である。

　世間の噂、取沙汰というものはなべて聞くに堪えぬものである。このことは師利休御他界の折、骨身に徹して判っている筈であったが、こんどはこんどで、あること、ないこと、いろいろな風評を耳にすると、また新たな憤りで身を引き裂かれる思いである。

　それにしても、織部さまは一言の申し開きもなさらず、死をお受けになったと聞いている。噂だから本当のことは判らないが、それが真実なら、一体これはどのように解したらいいのであろう。織部さま御自身、あのように師利休が申し開きをなさらずに死をお受けになったことを不審にお思いになっていらっしゃったのに、御自分は御自分で、また同じことをなさっていらっしゃる。

——ただ一つ知りたいことがある。一番大切なことを知りたい。が、その大切なことが判っていない。どうして申し開きをなさらなかったのであるか。

この織部さまのお声はいまも耳にある。また、こうもおっしゃった。

——自分の茶は亡びるのがいいとお考えだったのか。自分の茶がもうこれ以上生きて行けぬことを、お見透しだったのか。寿命を全うすることがお厭だったのか。どうして申し開きをなさらなかったのか。その最後の御心境を知りたい。

このお言葉は、そっくりそのまま、いま本覚坊が口に出したいものである。師利休の替りに織部さまを置いて、その上で、どうして申し開きをなさらなかったのか、その最後の御心境を知りたい、こう声を大きくして申し上げたい気持である。

それはそれとして、織田有楽さまなる方に対する本覚坊の気持であるが、織部さま亡きあと、織部さまに替って、有楽さまが何となく天下の大宗匠としての地位に坐っていらっしゃる恰好である。もちろん、こうしたことも世間の噂として耳に入ってくることで、どこまでが真実か、その点は判らないが、しかし、そうと聞けば、あまりいい気持はしない。織部さまに義理を立てるわけではないが、そうした方にはお会いしないでおく方がいい、このような気持になっても不思議はないだろう。

それがこんど、大徳屋の主人の誘いを素直に受けて、有楽さまの隠居所の候補地の下見にのこのこついて行くようになったのは、私に誘いをかけてくれたその時の大徳屋の主人の言葉に、ふと抵抗できないもののあるのを感じたからである。

――まあ、一度会ってみなされ。織部さまともお親しかった方で、織部さまのことについては、師の利休に殉じたのだとおっしゃっていなさる。

こう聞いた瞬間、ふいに眼の前が明るくなるような思いを持った。それならば有楽さまにお目にかかってみようと思った。師利休に殉じたということの正確な意味は判らなかったが、織部さまの事件に関して初めて聞く言葉でもあれば、またその言葉には、どこかに織部さまを優しく抱きとって上げているところがあるように感じられた。

織部さまのことが噂されると、必ずどこかに謀反という言葉が顔を出した。ぞっとするような厭な言葉である。どう考えても、織部さまと謀反とは結びつかなかった。しかし、いかなる場合でも、煮えたぎる思いを抱きしめて、黙っているしか仕方がなかった。死を賜って果てた織部さまをかばうことはできなかった。それなのに、師利休に殉じたとは、なんという大きく抱きとったおっしゃり方であることか。その意味がどのようなものであれ、そのようなことを口にされたというのであれば、その方に、一刻も早くお目にかかってみたい気持だった。

と言って、織田有楽さまとは初対面ではなかった。師利休在世の頃、遠くから二回ほどお目にかかっている。天正十八年の暮から翌十九年の初めにかけて、師利休の晩年、確か三回、引き続いて聚楽屋敷にお見えになっている。一度は上様（太閤さま）とお二人で、これは昼の席、一度は芝山監物さまとお二人で、この方は朝の席、もう一回はどなたと御一緒であったか、この方は夜の席。いつも裏方に廻っていて、遠くから大柄なお姿を眼にしている。当時既に、有楽さまの数寄者としてのお名前は聞こえていたが、そればかりでなく、惣見院（織田信長）さまの弟御、太閤さまの主筋に当る方ということになれば、本覚坊などがたやすく近寄れる方ではなかった。

そうした頃からいつか二十数年の歳月が経過している。その間、有楽さまがどのようにお過しになって来たか、本覚坊などの知ろう筈のないことではあるが、世間の噂、取沙汰というものは、その時、その時で耳に入っている。

——信長公御他界のあと、家来筋の太閤さまにお仕えし、出家して如庵有楽。太閤さま亡きあとは家康公にお仕えし、関ケ原の役では徳川方から出陣、そのあとは大坂天満屋敷にあって、こんどは秀頼公を補佐、大坂冬の陣では大坂方の総帥、それに続く夏の陣では、戦の開かれる前に城を抜け出して、京に隠棲、大坂落城と、豊家の滅亡を京の地から眺めている。茶は師利休に学んでいるが、茶の湯巧者として名を高めたのは、織部さまより寧ろ早い。奔放自在な生き方とも言えるし、乱世を生き抜ける智慧を身に着けている方とも言える。あるいはまた名門の出であるという気位の高さが、織田有楽という方の人生への対かい方のすべてを支えているのかも知れない。

ざっとこうしたことが、世間では取沙汰されて来ている。いくら取沙汰されても、いっこうにはっきりしないところのある、そういった方のようである。


五条橋を渡り、建仁寺地区に入って行く。めったにこの地域には足を踏み入れることはないが、加茂川の広い河原に続いて茶畑が拡っており、河原と茶畑の間の道を、晩秋の静かな陽を浴びて歩いて行く。

西門より入る。建仁寺の広い境内には殆ど人影はなかった。三堂が中に並び、ぐるりと廻廊がそれを取り巻き、僧堂が西に、方丈が北にあったという往時の盛観は偲ぶべくもない。度々災禍に罹っているが、天文廿一年十一月の細川晴元の兵火による災害が一番大きく、その折寝殿、法堂、仏殿、山門、塔頭、寺坊、みな類焼し、今日見る姿になってしまったという。僅かに他寺から遷されたという法堂と方丈、近年再興された塔頭寺院の幾つか、そうしたものが辛うじて現在、東山建仁禅寺としての体面を保っているようである。

方丈、庫裡を取り巻いている築地の前の道に出ると、大徳屋の主人だけが、そこの門を入って庫裡に出向いて行ったが、やがて引返して来ると、

――有楽さまは正伝院という塔頭に行っていらっしゃるそうだ。いまそこへ案内してくれるという。

と言った。間もなく若い僧侶が姿を現わし、二人はそのあとに従った。広い境内を斜めに突切って、塔頭寺院がちらほら散らばっている一画に入って行く。この辺りは木立が多く、地面一面に落葉が散り敷いている。道らしい道はなく、木立の間を落葉を踏んで歩いて行く。近年再興された寺もあれば、半ば叢に覆われた無住の寺もある。建物はすべてなくなって、蓬の原になっている廃坊址もある。

一番奥の荒れ寺の前で立ち停まる。広い寺域の三方は木立に取り囲まれている。

——こちらが正伝院でございます。

案内の僧の言葉で、ここが有楽さまの隠居所の候補地であることを知る。道より一段高くなっている敷地内に足を踏み入れ、荒れに荒れた本堂の横を廻って、背戸に出る。一面に草に覆われたかなり広い裏庭が拡っていて、その北の隅に、三人の男が立っているのを見る。

——あそこにいらっしゃる。

大徳屋の主人がその方に歩き出したので、多少間隔を置いて、本覚坊もそのあとに従う。大徳屋は三人の男たちのところに行くと、そこで何か話をしていたが、やがてこちらを振り返って手招いたので、そこに伺候する。そしてすぐそれと判る有楽さまの前に進み出て、

——本覚坊と申します。

そう言って、頭を下げる。

――大儀であったな。

それだけのお言葉が返る。茶人でも、僧侶でもなく、一点の隙もない武家の構えを持っておられる。大柄である。がっしりしているのは広い肩のあたりばかりでなく、顔の造作、すべて逞しく大きい。

邪魔にならぬように、大徳屋の主人を含めた四人の人物から少し離れて立っている。有楽さま、大徳屋、あとの一人は年配の僧、一人は町方の者。

半刻ほど四人はあちこちに移動しては、ところどころに立ち停まって頭を寄せ合い、また移動する。この広い裏庭に書院と、庫裡と、茶室をいかように建てるべきかの評定であるらしい。もちろん、ここに隠居所を設けるとなると、いずれ、荒れ本堂の方にも手を入れなければならぬであろうが、いまのところでは、その荒れ本堂のためか、おそろしく荒涼たる一画に思われる。隠居所の敷地としては充分過ぎるくらいの広さである。敷地の隅に井戸があるので覗いてみると、古井戸ではなくて、こんどのことのために掘られたもののようである。

大徳屋の主人がやって来て、

――すまないが、有楽さまを方丈の方に御案内して、暫くお相手していて貰えないか。寺と話し合わねばならぬことがあるので、近くの塔頭に出向いて、その用件をすませてから、方丈の方へ顔を出す。

それだけ言うと、大徳屋はすぐ引返して行った。有無を言わせぬところがあった。大徳屋が他の二人と連れ立って、慌しくどこかへ出て行ってしまうと、あとには有楽さまと本覚坊の二人だけが残された。なお叢のあちこちを歩き廻っておられる有楽さまに、頃合を見て、

——方丈の方へお供いたします。

こう申し上げる。

——大儀。

これだけのお言葉が戻って来た。そしてすぐ歩き出された有楽さまのあとに従う。一間ほどの間隔をあけてお供する。本覚坊より三、四歳年長、七十歳の年齢と承っているが、そうした年の頃には思えぬ逞しい足の運びである。方丈までかなりの距離であるが、そこを終始、御自分の歩調で歩いて行かれ、一度も背後を振り向かれなかった。これではお相手するも、しないもないと思った。

方丈の玄関に入ると、ここでもこちらを振り向かれるでも、声をかけるでもなく、そのまま出迎えの僧のあとについて、奥へ入って行ってしまわれた。とりつくしまがないとは、このことである。仕方がないので玄関の上がり口に控えていると、暫くして有楽さまを案内して行った僧が戻って来て、

——どうぞ、すぐお越しになるようにとのことでございます。

と言った。こういうところからすると、強ち忘れられているわけでもなさそうである。すぐ奥の座敷に参上、座敷に沿っている縁側に控える。有楽さまは床の間を背に坐っていらっしゃる。

——そこもとのことは織部どのより聞き及んでいる。褒めておられた。

初めて声がかかった。

——恐縮に存じます。師利休在世時代を別にしますと、織部さまには数年前に二回お目にかかっただけでございますが、いろいろお話をうかがい、今となりますと、何もかも夢のようでございます。

——織部どのが亡くなられて、さぞ力を落したことであろう。

二人の若い僧によって、茶が運ばれて来、それぞれの前に茶碗が置かれた。有楽さまが茶碗を取り上げてから、

——お相伴いたします。

こちらもまた茶碗を取り上げる。

——あそこはどう思う、先刻見て貰った正伝院の裏手の庭は。

——お静かな、大変結構なお住居ができるかと存じます。ただ多少お淋しくは？

——隠棲の場所。淋しいくらいがいい。織部どのではお住まいになれぬだろう。

なりました。

——左様でございましょうか。でも、いまはもっとお淋しいところに行っておしまいにあろう。

——いかにも。織部どのも淋しいところに行かれたが、さぞ、そこもとも淋しいことであろう。

——恐れ入ります、そのようなお言葉を頂きまして。織部さまの事件は、全く思いがけないことでございました。誰があのようなことになろうと思ったことでありましょう。

——が、しかし、織部どのが普通の死に方をなさらぬことを、予見していた者があったということを、最近耳に入れている。何でも掛物が恰好悪いと言って切り棄てたとか、茶碗、茶入の疵のないのを割って、繕うて面白いと言ったとか、そうした織部どのを難じて、世の宝を損なう人なので、横死にかかるべき方であると言っていたそうだ。

——そのようなところが、織部さまにございましたでしょうか。わたくしは、——。

——いや、気にするには当らぬ。どのようなことでも、悪くとれば、どのようにでも言える。茶人というものは、みな、どこかで、そのようなことを言われているものだ。しかし、それとは別の理由で、わしもまた織部どのの死を予見していた。ただ口に出さなかっただけのこと。

——　——

——織部どのは死ぬ時を探しておられた。

——

——織部どのにお会いする度に、いつも、この人は死ぬ時を探しているなと思った。

——

——そうではなかったか。

そう言われても一言も口から出すことはできなかった。ただ小刻みに体が震えてくるのをどうすることもできなかった。右手を縁側の板の上につき、体を折って、眼を瞑っている。

——が、人間というものはみな、念じればそのようになる。利休どのが亡くなられてから何年目か、そう、二十四年か、二十五年か、漸くその時を摑まれた。どうしてその時を逃すだろう。しかも、思いもかけないことだが、それは利休どのの場合と同じ形でやって来た。

——

——罪に服したのではない。利休どのに殉じたのだ。

それから、

——まあ、この話はこれだけにしておこう。誰にでも話せることではない。それにこれが真相であるかどうかは知らぬ。ただ有楽がそう思っているだけのこと。そこもとはどのように考えるか。

——わたくしには、そのようなことは、とんと判りません。織部さまのあのような御最期がたただ悲しいだけでございます。世間では御謀反などと、——。

——謀反か、そういうことになると難しい。本人に訊いてみないと判らぬ。が、おそらく織部どの自身は知らぬことであったろう。しかし、まわりにそのような動きはあったかも知れぬ。が、本人が知らぬことならば、いくらでも申し開きはできる筈、が、それはしなかった。

——どうしてでございましょう。

——面倒臭かったのだろう。茶を本気で点てていたら、そんなことは面倒臭くなる！それよりも、折角の機会だから、利休どのが申し開きをしないで相果てたように、自分もまた、そのようにしようと思われたのではないか。それが殉じるというもの。

判るような、判らぬようなことではあったが、有楽さまのお言葉の中には、いささかも、織部さまを傷つけているところはなさそうであった。

——お辛かったでございましょうか。

——辛くはなかったであろう。

——でも、お家は断絶。

——このような時勢に於ては、家というものは断絶する方がいい。さっぱりする。余が織田家など断絶の機会を失ったので、あとの者が苦労する。余も苦労すれば、息子たちは息子たちで苦労する。そこへ行くと、三斎どののなどは、――三斎どのと面識はあるか。

――師利休在世時代、度々お声をかけて頂いておりますが、遠い昔のことでございます。

――その三斎どののなどは、家に対して別の考えを持っておられる。自分の家を織田、豊臣などと一緒には考えておられぬ。ただ一つ遺す家柄というものがあるとすれば、幽斎どのから自分につながっている細川家だと考えているのではないか。どうも、そういうところがある。どこが亡びようと、さして意に介していない。と言って、これも有楽だけの考え、三斎どのの知ったことではない。

それから、

――山上宗二とは？

――宗二さまにはお会いしておりません。ただ宗二さまが小田原に於て書かれたという茶の奥義書を、江雪斎なる御仁からお借りして写したことがございます。それは今も手許に持っております。

――江雪斎どのも亡くなったな。

――早いもので、お亡くなりになりましてから、もう八年。

――宗二が亡くなってからは、そう、二十七年になるか。どのような腹の切り方をしたか知らぬが、あの異相で睨まれては、検使の者も生きた気持はしなかったであろう。

——やはり、自刃なされたのでしょうか。

——そういうことになっている。

——江雪斎さまは逐電なされたのではないかとおっしゃっておりました。

——山上宗二は逐電などせん。そういう才覚は持っていなかったが、そこで何か言った。小田原の城からのこのこ出て行って、太閤さまの前に罷り出たまではいいが、そこで何か言ったか知らないが、その言葉を聞きたかった。太閤さまがひっくり返るようなことを、口から出したに違いない。それで死を賜った。

それから、ちょっと思案されてから、

——宗二も腹を切り、利休どのも腹を切り、織部どのも腹を切った。茶人というものは厄介なもので、ちょっとましな茶人になると、みんな腹を切る。腹を切らんと茶人ではないようなものだ。だが、もうこれで腹を切りそうな茶人はなくなってしまった。もう、ないだろう。誰かあるか。

それから、

——だが、心配しなくてもいい。わしは腹は切らん。腹を切らんでも茶人だよ。

こうなると相槌の打ちようもなければ、言葉のさし挟みようもなかった。黙って聞いている他はなかった。

——いつか、余が囲（茶室）に遊びに来ぬか。もう他に、どこにも行くところはないだろう。道具でも見て貰おう。

——わたくしなど何も解りませんが、お道具を拝見させて頂けるなら、悦んで参上致します。お言葉の通りもうどこぞといって伺うところはございません。それはそうとしまして、最近、師利休の正風と申しますか、古い型の茶の湯が求められ始めているということを耳にいたしますが、そのような動きがあるものでございましょうか。

——あるかも知れん。だが、古い型の茶と言っても、利休どのの時より、もう少し古い時代の茶もある。その時代に退がった方が腹を切らなくてもすむかも知れん。

そして大きくお笑いになった。初めて耳にする有楽さまの笑い声であった。皺枯れた声でお笑いになってはいるが、お顔の方は冷たい感じであった。

この時、大徳屋の主人が部屋に入って来て、

——お待たせいたしました。普光、定恵両院の僧を同道いたしましたが、いかがいたしましょう。

と言った。

——ここに通して貰おう。

有楽さまがおっしゃったのを機に、本覚坊の方は鄭重に御挨拶して座を立つ。

修学院の家に帰ったのは七ツ半（午後五時）、このところめっきり日が短かくなって、も

うとっぷり暮れている。

燈火を入れ、囲炉裡に火を起し、あとは炉端に坐ったまま動かないでいる。最近これほど疲れたことはない。少量の酒を碗に入れ、それをゆっくり口に運びながらぼんやりしている。有楽さま疲れである。これまでに会ったことのないお相手だったと思う。素直なのか、素直でないのか判らない。口から出すことに同感していると、それがいつか捻じ曲ってしまう。反対に意表に出た発言で、それに戸惑っていると、いつかそれが、こちらの心を打つ素直なものになってしまっている。いつ相槌を打っていいか、頗る相槌の打ちにくいお相手である。

織部さまも褒められたのか、けなされたのか、判定に苦しむところがある。師利休の場合も同じである。味方なのか、味方でないのか判らない。味方であるようにも思えるし、そうでないようにも思える。一番気になるのは、最後に大きくお笑いになったことである。あれは一体、何をお笑いになったのであろうか。

遅い夜食を摂ってから、また囲炉裡端に坐っている。思いは有楽さまがお話しになったことから離れない。織部さまはいつも死ぬ時を探していたとおっしゃった。そういうところもおありだったかと思う。そして織部さまの自刃については〝罪に服したのではない、殉じたのだ〟とおっしゃった。そういうことであるかも知れないと思う。

それはそれでいいとして、

──宗二も腹を切った。利休どのも腹を切った。織部どのも腹を切った。茶人というものはみんな腹を切る。だが、わしは腹を切らんよ。腹を切らなくても、茶人だよ。とおっしゃった。あれはどういうことであろうか。腹を切った宗二さま、師利休、織部さまを褒めておられるのか、けなしておられるのか。

炉端を立って、奥の間の仏壇に灯を入れる。仏壇には師利休から拝領した黒茶碗と、織部さま自刃のあと、京の町衆から頒けて貰った織部さま御使用の帛紗が収められてある。そして、その横には〝山上宗二記〟の写しが置かれてある。

今日、有楽さまは山上宗二さまも自刃なされたようにおっしゃったが、もし、それが本当なら、この仏壇に祀られているお三方は、みな割腹して相果てたということになる。割腹なさった方々三人を、この仏壇はお祀りしているのである。

炉端に戻って、また碗に酒を注ぐ。もともと下戸なので、格別うまいとは思わぬが、少しずつ口に運んでいる方が気持が落着くようである。

師利休をお呼びしてみる。いかなるお声も聞こえて来ない。織部さま！　この場合も、声はない。宗二さま！　この場合は初めての呼びかけであるが、やはり声は返って来ない。こちらに答えが用意されていないので、自問自答は成立しないのである。

夜が更けてから奥の間に立って行く。昼間、有楽さまから、師利休が或いはお気に召さない言葉を投げかけられているかも知れないので、そのお詫びに、深更まで仏壇の燈火だけは絶やさないでおこうと思う。襖を開けると、いつか仏壇の燈火は消えて、部屋は暗くなっている。

炉端に戻り、燭台を持って、再び奥の間に入って行く。仏壇を設けてある側の襖に大きく自分の陰影が映って、ゆらゆらと大入道が揺れている。ふいに妙喜庵の囲《かこい》の遠い一夜のことが思い出されて来る。

燈火を仏壇に入れて、その前に坐り、辺りを見廻す。燭台を左手に置いてあるので、大入道は右手の障子の方に移動している。あの妙喜庵の夜は、室床に〝死〟の軸が掛けられてあった筈であるが、今この座敷には、それはない。その替り、あの席に坐っておられた師利休、燭台を持っていた山上宗二のお二人は、身を以て〝死〟の軸に中に入っておられる。

あの席にはもう一人居られた筈である。それがどなたか、あの時も、それからあとも、それがどなたであるか判らなかったが、今ははっきりしている。織部さまであったのである。織部さま以外の誰かであろう筈はない。そしてその織部さまもまた、一番あとから、三番目に〝死〟の軸の中にお入りになっていらっしゃる。

あの夜、あそこでは何が行われたか。ずいぶん長いこと判らないでいたが、どうしてこんな判りきったことが、判らなかったのであろうかと思う。あそこにおられたお三方の間には、謂ってみれば死の約束が取り交されたに違いないのである。その約束も、言葉などによってではなく、それぞれの心の中で、一言も発することなく、ひっそりとお誓いが成立したのであろう。もしかしたら、お三人の運命がふと寄り添い、すべてはその瞬間に決まってしまったことかも知れない。

――〝無〟ではなくならん。〝死〟ではなくなる！

あの妙喜庵の席で、山上宗二さまの口から出た言葉である。そして〝無〟ではなくならず、〝死〟ではなくなることを、あの席におられたそれぞれの方が、身を以て試されたのであろう。が、それにしても、〝なくなる〟ということは何がなくなるのであろう。茶人として、〝死〟によってしかなくすことができないものは何であろうか。

有楽さまは今日、織部さまは死ぬ時を探しておられたと言われた。きっとそうであったろうと思う。織部さまの場合、既に宗二さまも、師利休も、妙喜庵に於ける盟約を守って他界なさっていらっしゃる。それなのに自分は、というお気持はあったかも知れない。

有楽さまは〝殉じた〟とおっしゃった。〝殉じた〟でも間違いではないであろうが、もっと正確な言い方をすれば、織部さまは若い時の、妙喜庵の囲に於ての盟約を果たされたのである。

――わしは腹は切らん！　切らんでも茶人だよ。

有楽さまは切口上でおっしゃったが、盟約に加わることのできなかった方としては、このように開き直った態度をとるしか仕方なかったのかも知れない。それに違いないのである。

九ツ半（午前一時）、床に入って、すぐ眠るが、何程も経たないで、丑ノ刻（午前二時）に眼覚める。戸外ではごうごうと木枯が吹き荒れている。雨戸が鳴り、家が揺れている。木枯の音を聞きながら、〝死〟によってなくなるというものは、一体何であろうかと思う。寅ノ刻（午前四時）、再び浅い眠りから覚めて、床の上に起き上がる。そしてこの時もまた、〝死〟によってなくなるものは何であろうかと思う。そして床を離れて、暁闇の立ちこめている庭に出る。深夜吹き荒れていた木枯は静まっている。昨夜で秋は終ったのか、辺りには冬の気配が深々と立ちこめている。〝死〟によってなくなるものは、〝死〟によってしかなくすことのできないものは、一体、何であろうか。本覚坊には重すぎる問いであるが、当分この問いに苦しめられることであろうと思う。

この苦しみから脱けるには、有楽さまにお目にかかって、このことを申し上げてみるのも一法かと思う。あの方なら、たとえあの方流であっても、この問いに答えて下さりそうな気がする。

八月三十日、丙戌、天晴——註、元和四年、陽暦十月十八日——

今日は織田有楽さまの正伝院内に普請中の御隠居所がほぼでき上ったということで、大徳屋と一緒に、それを見せて頂きに参上する日である。

昨年の秋の終りに、大徳屋に誘われて有楽さまの御隠居所の候補地の下見に同道したが、いつかそれから十一ヵ月近い日時が流れている。

尤もこの十一ヵ月の間に二回、これまた大徳屋に連れられて正伝院の普請場に出掛けている。一回は春の初め、二回目は土用の最中で、どちらの時も庭に置かれる敷石とか、植木とか、そういったものを見せて頂くためであった。大徳屋の方は多少、有楽さまから庭造りの相談を受けているらしく、何か植木屋たちとの間に話があるらしかったが、こちらは全くの見物であった。二回とも普請場で有楽さまをお見かけして、御挨拶はしているが、まとまったお話は何もしなかった。有楽さまは有楽さまで、軀が幾つあっても足りないような御様子で、あの大きいお軀を、あちこちにお運びになっていらっしゃった。

午刻に修学院を出、寺町の大徳屋に立ち寄り、主人と連れ立って正伝院に向う。

今年は暑気がきびしかったが、この二、三日、すっかり秋になっている。加茂川の河原を歩いて、いつものように西門から入る。正伝院に向う途中、道の両側に萩の花の咲き乱れているところがあったが、なかなかいい自然の露地になっていると思った。有楽さまのことだから、こういうところにも眼をつけていらっしゃるのではないか。

正伝院の前に出る。暫く見ないうちに正伝院はすっかり異った寺になっている。もうどこから見ても、この間までの無住の荒れ寺のおもかげはなかった。きれいに掃除されている前庭を通って、本堂をぐるりと廻る。一年前に雑草と蓬に覆われていた裏庭は、これまた全く生れ変って、宮廷の、とでも言いたい気品ある庭のたたずまいである。そして庭の北寄りに三棟の家が建てられている。書院と庫裡と茶室である。

——隠居所と言っても、有楽さまともなれば、これだけのものをお造りになる。

大徳屋は言った。そしてこの隠居所の借地料として、毎年十五石を定恵、普光両院に納めることになっていると、そんなことを説明してくれる。定恵、普光両院の住持が輪番でこの寺の一切を取り仕切る契約もできているとのことである。

先ず外廻りを見せて頂く。何人かの庭師が立ち働いてはいるが、もうでき上がっていると言っていい。外から見る茶室のたたずまいも、庭の造りも、それぞれ細かい神経が使われていて、流石だとは思うが、本覚坊などの眼には、明るくて、いささか眩し過ぎる感じである。こうなると、もう侘茶とは無縁だと言わざるを得ない。師利休にお見せしたいと思う。どうおっしゃるか。案外お褒めになるかも知れないし、あるいは何かはっとするような言葉で、お棄てになってしまうかも判らない。

茶室の大きな破風には「如庵」と書かれた木額がかかっている。これなど師利休ならおつけにならぬかも知れない。自分の名前など掲げるようなことはなさらないだろう。しかし、そうしたことを別にすれば、これはこれで、なかなかいい。茶室の建物が、ために引き締まっている。問題は庭に配してある飛石であるが、この方は大き過ぎるし、その数も多すぎる。師利休なら——。もうやめようと思う。折角有楽さまがお造りになったのに、とかく注文をつけたくなる。

外廻りを一応見せて頂いたあと、茶室の方を見せて頂こうと思っていると、それまでどこかに行っていた大徳屋がやって来て、

――書院の方に有楽さまがお見えになっておられる。日が昏れてから、茶室の方へ案内するから、それまでは茶室の方に入らないでおくように、そういうお達しである。

それから、

――それまで、手を貸して貰いたいことがある。二条屋敷の方から運んで来た軸や道具が山積みになっている。それを片付けるのを手伝って貰いたい。

と言った。すぐ書院に行き、有楽さまに御挨拶したあと、書院の次の間の縁側に積み上げられてある軸や道具を、納戸に収める仕事を手伝う。

有楽さまは有楽さまでお忙しく、近所の塔頭に用事があるらしく、供一人を連れてお出掛けになる。

半刻ほどかけて道具類を始末し、そのあとで、取り散らかした中で手伝いの者たち多勢と夕食の膳につく。戸外はいつかすっかり夜になってしまっている。そうしている時、席の方に来るようにと、書院の方からお使が見える。大徳屋と二人で席の方へ参上する。水屋口から入る。

点前座には有楽さまがお坐りになっていらっしゃる。燭台の光だけなのでいかなる席か

仔細には判らないが、何となく、これまで自分が馴染んで来た茶室とは違う感じである。御挨拶したあと、視線をあちこちに当てさせていただく。客畳が二枚、点前畳が一枚、そして点前畳の先きに見切り板を入れて、火頭型の窓をあけた、今までに見たことのない席である。

有楽さまのお声がかかる。

——いずれ、昼間ゆっくり見て貰おう。軸もないし、道具もない裸の席であるが、今宵は席開き、茶だけは点てる。どうか、坐り心地は。

——結構なお席でございます。

大徳屋が言う。

——いろいろ厄介をかけた。大儀であったな。

それから、

——虫の声が聞える。

確かに秋虫の声が聞えている。それも一匹や二匹の虫の声ではない。席は無数の虫の声に包まれている。

有楽さまのお点前でお茶を頂く。炉は向う切り、茶碗は井戸。

——ゆうべ寺の者たちを招んで、茶を点てた。今宵は二回目。引越中で何もないが、この茶碗だけは、わしが一緒に持って来た。

有楽さまはおっしゃる。それを受けて、

――かねがね承っている御愛蔵の井戸茶碗でございますか。

大徳屋が言う。なるほど大ぶりで、華やかな堂々とした井戸茶碗である。

――織部どのの形見とでもいうものもある。

有楽さまはおっしゃって、それから茶杓を取り上げ、それをこちらに差し出して、

――これは織部どのの茶杓、やはり腹を切るだけのものはある！

拝見する。なるほど強い茶杓である。師利休の茶杓よりずっと強い感じである。お人柄にも、このように強いところをお持ちであったのであろうか。久しぶりで織部さまにお目にかかっている気持である。

――こんど落着いたら、道具を見て貰おう。この二、三年、何かと慌しく、道具を見る暇はなかった。ここに落着いたら久しぶりで道具を見る。その時、両人に誘いをかける。

それから、

――道具はいい。道具というものは変らぬ。茶人の方は心を持っているので、余り当てにならぬが、そこへゆくと道具はいい。いつまでも変らぬ。信用ができる。

ここで、ちょっと言葉を切ってから、

――と言って、道具もまた、持つ人によるがね。

と、おっしゃる。こういうところは有楽さま流である。

――とんでもない奴の持物になって、泣いている道具がたくさんある。その道具の泣声が聞える。秋虫のなき声より、もっと淋しい。時々、そのなき声が耳に入ってくる。ここから出してくれ、ここから出してくれ。

それから、

――最近は、織部どのの道具が泣いている。そのなき声が聞える。出してくれ、出してくれ。と言って、出してやれぬ相手もある。

織部さま所持の道具がどうなったか知らない。織部さまの生命《いのち》ですら飛んで散乱したのであるから、道具類がどこに飛び散っても仕方ないと思う。しかし、織部さまの話は辛いので、話題を変えさせて頂く。

――静かでございますね。

こう申し上げる。事実、しんしんと心に滲み入るような静けさである。妙喜庵の茶室も、秋の夜は静かであったが、しかし、妙喜庵の方は、どちらかと言えば冬の茶室である。冬の凍りついている静けさがいい。こちらは秋の席。

――こういう静かな席に坐りたいと思っていたが、お蔭で、こんどこの席が造れた。みんなは淋しいだろうと言ってくれるが、わしはさして淋しくはない。

――いや、結構でございます。このような静かな席は、わたくし、初めてでございます。

　すると、

——それはそうだろう。利休どのの聚楽屋敷の席とは違う。

——師利休も、本当はこのような席がお好きだったのではないでしょうか。

——さあ、どうかな。たとえ好きでも、利休どのは坐れなかった。太閤さまのお側から離れるわけにはゆかなかった。その点は、厄介だった。ああなると、遊びではなくなる！

　また師利休の話になったので、この場合も、話を変えさせて頂く。

——初めてのお広い席でございます。

　すると、大徳屋が、

——茶室というものは狭いものほどいいと聞いて、そういうものかと思っておりましたが、こういうのびのびとした席に坐らせて頂きますと、やはり、お茶を頂くなら、この方がよろしいと存じます。さすが殿さまのお造りになったお席だと、感服いたしました。

——狭いのは、狭いのでいいが、この茶室はのんびりと遊べるところにした。狭いと、とかく真剣勝負になる。真剣勝負になると、勝ち敗けになる。利休どののようになる。死を賜りかねない。

　また師利休が飛び出したと思っていると、

——どうして利休さまは死を賜ったのでございましょう。

　大徳屋が言った。有楽さまにとっても、迷惑な質問であろうと思われた。すると、

——ああ、なぜ死を賜ったというのか。表向きの理由は知らぬが、まあ、それは簡単なことだと思う。一体太閤さまはどのくらい利休どのの茶室に入っているかな。

有楽さまのお顔が、こちらを向いたので、

——さあ、どのくらいの数になりますでしょう。何十回、あるいは何百回。小田原役の頃などは、箱根で殆ど毎日のように師利休の席にお越しになりました。

そう答えると、

——何十回か何百回か知らぬが、太閤さまは利休どのの茶室に入る度に、死を賜っていたようなものだ。大刀は奪り上げられ、茶を飲まされ、茶碗に感心させられる。まあ、その度に殺されている。死を賜っている。太閤さまだって一生のうち一度ぐらいは、そうした相手に死を賜らせたくもなるだろう。そうではないか。

有楽さまはおっしゃった。どこまでが本気で、どこまで冗談か、ちょっと見当のつかないところがあった。

すると、大徳屋は重ねて訊いた。

——太閤さまにお詫びすれば助かったのに、お詫びしなかった。一時、そのような噂もございました。

——そう。

有楽さまはこの場合も少しも動じられず、

——利休どのはたくさん武人の死に立ち合っている。どのくらいの武人が、利休どのの点てる茶を飲んで、それから合戦に向かったことか。そして討死したことか。あれだけたくさん非業の死に立ち合っていたら、義理にも畳の上では死ねぬだろう。そうじゃないか。

この場合も有楽さまは何でもないことのようにおっしゃった。そんなことは判り切ったことではないか。そうしたお顔である。しかし、そのあと、

——だが、利休どのは豪かった。天下に茶人多しと雖も、誰一人、肩を並べる者はない。自分ひとりの道を歩いた。自分ひとりの茶を点てた。遊びの茶を、遊びでないものにした。と言って、禅の道場にしたわけではない。腹を切る場所にした。

それから、

——まあ、この辺でやめよう。利休どののことを考えると眠れなくなる。

有楽さまはおっしゃった。この有楽さまの言葉で、今までつかえていたものが流れ出しでもしたように、気持はすっきりする。やはり有楽さまは、師利休の味方であると思った。もしかしたら一番よく師利休をご覧になっていた方かも知れない。

二度目のお茶を、押し戴いて頂く。

五章

今日、このような辺鄙なところに、師利休のお孫さまに当られる宗旦さまにわざわざお み足をお運び頂きまして、恐縮の至りでございます。半月ほど前、新造のお席に罷り出で、二十何年振りかでお目にかかって、夢とも現実《うつつ》ともつかぬたいへん楽しい半日を過させて頂きましたが、その折、太閤さまという方が催された大きな茶会の中で、未だに心に遺っている主なものについてお話するようにとの仰せでございました。

それから今日までの半月ほどの間、古い控えを探したり、それについての記憶を確かめたり、少しでもお役に立ちたい一心で毎日を過して参りましたが、何分遠い昔のこと、果して御満足のゆくようなお話ができますか、どうか、そのことを案じ、危ぶんでおります。

それはそれと致しまして、この歳まで命永らえることができまして、本覚坊、本当によかったと思っております。貴方さま、——宗旦さまにお目にかかれようなどとは、夢にも思わぬことでございました。師利休の御遺族がどのようにお過しになっていらっしゃるか、知ろうと思えば知ることもできないわけでもなかったかと思いますが、そうしたことからは努めて遠く身を引いておりました。

それなのに突然、宗旦さまが京の町中に一畳半座敷をお構えになったと、そういう噂を耳にした時、本当に夢ではないかと驚きました。今年は元和五年、師利休がお亡くなりになってから二十八年、師利休のお心とも言える侘び数寄の流れは、その間たとえいかに細くなろうと、決して絶えることなく、地下にくぐり、地下に潜《ひそ》み、誰も知らないところを流れ流れていたのでございます。そしてそれが今、突然地上に姿を現した、そのような驚きでございました。そして矢も楯もたまらなくお目にかかりたい思いに駆り立てられ、あの日臆面もなく、老残の身をお目の前に曝すことに相成った次第でございます。恰も師利休の祥月《しょうつき》・二月、地下からのお引合せであったかも知れません。

久々にお目にかかって嬉しゅうございました。あのような悲しい事件が起りましたのは、宗旦さま十四歳の時と伺いまして、さぞお辛いことであったろうと思いました。本覚坊は何となく、宗旦さまがもう少し幼くいらっしゃったように思い込んでおりましたが、十四歳になっていらっしゃったとあっては、どのようにお悲しいことでございましたでしょう。

本覚坊はあの事件のあと、火の消えたようなお屋敷に何日か留まっておりましたが、どなたさまにも御挨拶らしい御挨拶もせず、お屋敷を引き退がったかと思います。それ以来の絶えて久しいお目もじでございました。

あの日は心が昂ぶっていて、何も申し上げられませんでしたが、御立派に御成人遊ばされ、静かにお席にお坐りになっていらっしゃるのを眼にした時は、ただもう、今まで生きていてよかったと、そういう思いでいっぱいでございました。失礼な言い方になりますが、四十台の初めとはお見受けできぬ老成の御風格、祖父さま利休のお志を生かそうとなさっていらっしゃるお覚悟、それから争えないもので、祖父さま利休を髣髴とさせる大きいお点前、師利休の侘び数寄の茶の湯に、いま再び灯《ひ》が入ったという思いでございました。

これから先き、いろいろとお辛いことはございましょう。このような時代ですので、祖父さま利休のお志を生かすことは、決して容易ではないと存じます。でも、きっと御立派に大成遊ばすことでございましょう。師利休の正風が、どうして大きい流れにならずにおられましょう。本覚坊も、その日を見させて頂きとうございますが、それを望めますかどうか。このところめっきり足腰が弱って来ております。そうした私をおかばい下さって、今日、わざわざ宗旦さまの方から、この陋屋をお訪ね下さいました。相すまぬことでございます。

さて、お訊ねの件について、どのようにお話し申し上げたらいいか判りませんが、いずれにせよ、太閤さまの茶会のことをお話することになりますと、当然なことながら、私の眼に映った太閤さまのことや、耳にした太閤さまのことをありのまま、私情を混じえずにお話しなければなりません。これは私にとりましては、今まで考えてみたこともなかった容易ならぬことでございます。師利休の賜死事件以来、太閤さまという方は私にとりましては特別な方、恨みこそあれ、他にいかなる対い方もございません。事件以来、今日までの二十八年の間、一度も太閤さまのことを脳裡に思い浮かべたことはございません。ちらっとでも脳裡を掠めようとすると、それを追い払ってきたのでございます。

聚楽屋敷や妙喜庵に於て、席にお入りになるところは何回か眼にしておりますし、また小田原役の時、箱根の席にお迎えしたことも何回かありますが、そうした折のことは一切思い出さないように努めて参りました。何かの折、太閤さまのことが脳裡を掠めようとすると、頭を振って、実際に頭を振りまして、それを遠くに追い遣って参りました。太閤さまという方は、私にとってはそのような方でございます。

が、こんど、太閤さまの茶会のことについて話すようにという宗旦さまからのお言葉を賜ってから、初めて太閤さまへのこれまでの対い方を改めました。多少耐え忍ばねばならぬこともございましたが、ともかく恨みは恨みとして向うへ押し遣っておいて、太閤さまという方について思っていましたこと、感じていましたことを、ありのままお話しなければと、そういう気持になって、この半月を過して参りました。宗旦さまがお知りになっておこうということなら、そしてそれが宗旦さまにとって必要なことであるというのであれば、間違いなくお話しして、お役に立たなければと、そういう気持になったのでございます。

師利休のお供をして、太閤さまの茶会に出たことは数えるほどしかございません。それも出たと言えますか、どうか、せいぜい水屋から席のうちを垣間見たり、御出席の名だたる方々のお声を聞いたり、茶道口から人の動きを眼に収めたりする程度でございます。

そうした茶会で、未だに心に遺っているものということになりますと、やはり天正十二年十月十日に、大坂城お座敷で催された口切《くちきり》の茶会ということになりましょうか。お座敷は五十畳もあろうかと思われる大広間で、そこに九つの席が設けられました。それぞれの台子の上には風炉、釜、水指。

師利休、宗及さま、宗久さまを初めとする九人の宗匠方は籤引きによって順番を決め、壺と茶碗をお持ちになって、それぞれの席にお坐りになります。そしてその上で九人の御茶頭衆によって、全部で九つの茶壺の口がいっせいに切られたのでございます。

茶壺は四国、松花、捨子、佐保姫、双月、常林、公方、うどんげ、あらみ。いずれも六斤、七斤、十斤入りの名物茶壺でございます。残念ながら本覚坊はその場で拝見することはできませんでしたが、その緊迫したお座敷の模様は、それを眼に思い浮かべただけで、心はきつく緊めつけられて参ります。壮んと申しましょうか、厳しいと申しましょうか、お座敷の空気が音をたてて撥ね返ってくるような思いにさせられます。

九つの茶壺の口を一度に切るということは、いかにも太閤さまがお考えになりそうなことで、こうした他人の思いつかぬ前代未聞の派手なことが、太閤さまはお好きであったようでございます。

それから口切りした葉茶が臼で挽かれるまでには、半刻ほどかかりましょうか。その間、別室では太閤さまを上座にして、賑やかな酒宴が開かれておりました。太閤さまと申しておりますが、もちろんこの頃は太閤さまにも、関白さまにもなっておられませんが、もちろん御威勢は既に天下に並ぶ者はございません。明智さまを山崎に破ったのは天正十年、柴田勝家さまを賤岳に破ったのは十一年、そしてそれらの合戦の鬨の声が漸く鎮まった時期に、このすべての御壺口切の茶会でございます。

この席にどのような方がいらっしゃったか、その控えはなく、道具の方も天下の逸品がずらりと並んでいたに違いありませんが、これまた惜しいことに控えがございません。記してあるのは茶壺だけ、まことに迂闊なことでございます。

お茶を挽き終り、茶入に入れ、支度が調ったところで、今まで酒宴の席にいらっしゃった多勢の方々が、どっと大広間にお移りになります。まことに賑やかなことでございます。太閤さまには一服点て、あとの方々は飲み廻しというところでございましょう。太閤さまは二席か三席にお坐りになったのではないでしょうか。

お茶を飲み終ると、また宴席に帰ります。この辺りから無礼講になって参ります。ありていに申せば、まあ茶会と言えるようなものではなく、賑やかで陽気なお酒盛りでございます。

この日は師利休も、終始なごやかに太閤さまにお付合いなさっていらっしゃったようにお見受けいたしました。

それから、この口切の茶会から五日目の十月十五日に、同じ大坂城の大広間で、終日、茶の湯がございました。終日と申しましても、午刻から七ツ（午後四時）ぐらいまでありましたろうか。この日はこの日で、また賑やかでございました。床には玉礀《ぎょくかん》の夜雨の絵、その前に捨子大壺。台子には尼崎台に尼子天目を。

この日の御茶頭は師利休、宗及さま、宗久さま。もちろんこの日は炉の茶会で、御茶頭お三方は交替で点前座にお着きになります。

この時の御人数は控えがございます。松井友閑、細川幽斎、今井宗薫、山上宗二、小寺休夢斎、住吉屋宗無、満田宗春、高山右近、芝山源内、古田左介、松井新介、観世宗拶、牧村兵部、――こうした当時としてもお茶の方では第一人者として通るお名前。おそらく五日前の口切の茶会にも、多少の出入りはあるにしても、このような方々が顔を揃えていらっしゃったのではないかと思われます。まだこのほかに十人ほどの方々がお見えになっておりました。御父君千少庵さま、御一族の万代屋宗安さまも、お顔を出していらっしゃったように記憶しております。

この日の茶会も、どことなくお祭のような浮かれたところのある茶会でございました。中に茶の湯を挟んでの御酒宴でございます。こうしてお話しておりますと、この日の賑やかさが、何と申しますか、回灯籠《まわりどうろう》の絵のように思い出されて参ります。みなお若かったと思います。高山右近さまは三十を越えられていた筈、古田左介（織部）さまも、おそらく四十そこそこ、みなさまお若うございました。三十四、五年前のことになります。

それにしましても、いま名を挙げました方々は、現在はもう大方、故人になっておられるのではないでしょうか。先頃、今井宗薫さまが御健在であるという消息を耳に致しました。大体、この方は本覚坊と同じくらいの御年齢ではないかと思います。そろそろ七十に手の届くお年頃でございましょう。この宗薫さまは別にしまして、その他の方となると、どなたさまも、――確か観世宗拶さまが一番早い御永眠、そのあと宗二さま、師利休の御自裁、続いて宗及さま、宗久さま、それぞれ御他界、いつかそれから二十数年の歳月が経過しております。高山右近さまも、古田織部さまも、この茶会の時はお若うございましたが、その後共に烈しい運命をお持ちになりました。右近さまは国外追放になり、織部さまはあのような御最期。松井新介、牧村兵部、芝山堅物さまなど、親しく師利休の門をお叩きになった武門の方々も、みなお亡くなりになって、やはり二十年、あるいは三十年の歳月が経っているのではないかと思います。

それからもう一つ、太閤さまらしい更に一層派手な茶会がございます。いまお話した天正十二年十月の二つの茶会から二年余り経った天正十五年正月三日の、これまた同じ大坂城に於ける新年の茶会でございます。

新年の茶会には違いありませんが、前年十一月に上洛なさった博多の茶人神谷宗湛さまをまん中に置いた茶会であったように記憶しております。この時は大名、小名、大変な御人数で、もちろん堺衆は総出でございます。

御茶頭は師利休、宗無さま、宗及さまのお三方。座敷の飾りも、それぞれの台子飾りも、これ以上のものはないといった豪華極まりないものでございました。

床の飾りは、まん中に玉磵の青楓の絵、その前に四十石の茶壺。向って右手には同じく玉磵の遠寺晩鐘、前には撫子の茶壺。向って左手にはこれまた玉磵の平沙落雁、前に松花の茶壺。茶壺の口覆いは萌黄《もえぎ》の金襴で、口緒は紅。

この床の飾りにふさわしい道具組みとなると大変でございます。天下の名器が三人の茶頭のそれぞれの台子の上に並んだことは申すまでもありません。こうなると、こうした席に坐って、いささかも引けをとらぬ人物となると、なかなか難かしゅうございます。

お道具の拝見がすむと、お膳が出ます。なにぶんたくさんの方々なので、押し合いへし合いの宴席になります。この日は仕合せなことに、私も〝おかよい役〟を仰せつかり、何回かお膳を運びましたので、一応お座敷の模様を眼に収めることができました。石田治部（三成）さまもおかよい役に入っていらっしゃったくらいですから、たいへんな混雑でございます。

そうした中でひときわ目立っている方となると、やはり太閤さま（当時は関白さま）でございます。その折の御衣裳についての控えがございます。

――上に唐織の小袖、お道服は白い紙子、裏はボケ、帯は紅で、結んだ一方を長く垂らし、それが膝の下まで垂れている。髪はお結《ゆ》いにならず、縮羅《しじら》の萌黄の布でくくっていらっしゃる。お召物が長いので、お立ちになっても、おみ足は見えない。

大体このようなお姿でございます。御立派と言えば御立派、異様と言えば異様、芝居の役者が舞台姿のまま酒宴の席に入って来たようなものでございます。酒宴の席はいいとして、酒宴が終り茶になりますと、このお姿で茶の席にお入りにならなければなりません。この方は拝見できませんでしたが、後日師利休から、こうしたお姿の太閤さまに、四十石茶壺の茶を差し上げたということを伺いましたが、師はどのようなお顔で点前をされ、太閤さまはどのようなお顔で茶碗をお取り上げになっていらっしゃったのでしょう。傍若無人と言えば傍若無人でございますが、太閤さまはこのような、天衣無縫なところをお持ちであったように思います。

こうなると、師利休も多少おたわむれが過ぎるぐらいにはお思いになったかも知れませんが、さしてお厭でもなかったのではないでしょうか。終始ちゃんとお付合いになっておられたと思います。もちろん、これは私の勝手な推測に過ぎませんが、それではその分片方でというところがおありになったかと思います。同じ大坂城内に設けられてある二畳のお席、山里の茶室の方に、その日のうちにも太閤さまはお入りにならねばならなかったかも知れません。

こう申しますと、太閤さまという方が、師利休への義理で、山里の茶室を造り、そこにお入りになっていたようにお思いになるかも知れませんが、決してそのようなことはございません。太閤さまは太閤さまで、なかなか余人の及ばない侘び数寄者であり、山里の席も、妙喜庵の席もお好きであることは人後に落ちなかったと思います。

このようにお話しておりますと、二十八年もの間お恨みこそあれ、いかなる感情をも持たなかった方を、急にかばい出したようにお受けとりかと思いますが、これは賜死事件が起る以前に、本覚坊が漠然と太閤さまという方に感じていたことでございます。賜死事件に対する憤りと恨みは、また別になります。ひとまず恨みは恨みとしておいて、それとは別に太閤さまという方の天真爛漫というか、こだわらぬというか、やはり大きいと言っていいかと思うものを、間違いなくお伝えしたいというのが、今の本覚坊の気持でございます。

師利休が多少我慢してお付合いになったように、いま本覚坊もまた多少我慢して、あの天正十五年正月三日の前代未聞の大茶会というか、大振舞というか、そうしたものに付合っている気持でございます。太閤さまという方は、二つの全く反対のものを持っておられたかと思います。狭い茶席で静かに茶碗を取り上げるのもお好きだったし、多勢の宗匠を顎で使って、はめを外してお騒ぎになるのもお好きだったと思います。はめを外すことはお好きだった許りでなく、それが時に必要であることも充分御承知だったに違いありません。多くの武人たちの心を集めるにも、或いはその心を自分から離さないためにも、或いはまた、多くの者を戦場に向かわせるためにも、あの茶会という名の大盤振舞が必要だったに違いありません。それくらいの閃くものをお持ちにならないで、どうして取るに足らぬ足軽の身を振り出しに、関白さまになり、太閤さまになれるでありましょう。

そして、そうした太閤さまを、師利休はちゃんと見ておられ、それはそれで、それなりにお手助けなさっていたのではないでしょうか。堺の商人が必要な時は、堺の茶人たちを大切にするし、博多の商人が必要な時は、博多の茶人たちを大切にする。太閤さまのそういうところも、師利休はさしてお腹立ちなく、お受け入れになっていたに違いありません。そして太閤さまは太閤さま、侘茶は侘茶、はっきりとお分けになっていたと思います。そして侘茶の道を大きくするためには、太閤さまのお力を借りておりますし、太閤さまは太閤さまで、そのことをちゃんと御承知だったと思います。

この天正十五年正月三日の大茶会には、前の口切の茶会や、それから五日あとの賑やかな茶会にお出になっていた方々も、みなお顔をお見せになっていたことだと思います。古田織部さまも、高山右近さまも、山上宗二さまも、その他多くの、茶の湯にかけてはいっぱしの武門の方々も。

こうしてふしぎな派手な装いの太閤さまをまん中にした大広間の賑わいのことをお話しておりますと、またもや遠い昔に眼にしたその場の一齣《ひとこま》一齣が、恰も回灯籠の絵でも見ているように次から次へと思い出されて参ります。お膳をお運びになっていた石田治部さまも、茶をお点てになっていた住吉屋宗無さまも、お客分の神谷宗湛さまも、細川幽斎さまも、そして立ち上がって、大きい身振りでお笑いになっていらっしゃる太閤さまも、次から次へと回灯籠の絵となって廻って参ります。

それにしましても、なんと虚ろな、淋しい絵でございましょう。それはこの回灯籠に出て来る方々の多くが、今はみな故人になっていらっしゃるからでしょうか。虚ろだと言えば、太閤さまが一番虚ろで、淋しく思われます。何のために、あのような派手な異様な恰好をなさっていらっしゃるのでしょう。先きほど申しましたように、それが今から三十

二、三年前のあの時期には、それだけの意味はあったのでありましょうが、今はただ、虚ろに淋しくしか見えません。いくらあの頃の太閤さまをお褒めしても、何の意味もないようなものになってしまいます。どうしたことでしょう。あのようにずんべりした長いお召しもの、髪はお結いにならず、萌黄の布でくくり、紅の帯は帯で、半分垂らしていらっしゃる。そんなことまでなさっていらっしゃるのに、お家は亡び、御一族も亡び、御家臣の半分は討死、半分は敵方に廻られてしまっております。石田治部さまも石田治部さまだと、申し上げたいようなものでございます。おかよい衆の中にまで入ってお膳を運んでいらっしゃるのに、どうしてあのようなことになったのでありましょう。関ケ原の役を起したのは、まあいいとしても、その果てに首まで斬られてしまわれるとは！

お名前を存じあげない大名、小名の方々も同じでございます。回灯籠の絵の中で騒いでいらっしゃいますが、前途には関ケ原の役、大坂冬の陣、夏の陣と、大厄が幾つか並んで待っております。それをうまくくぐり抜けましたかどうか。うまく切り抜けた方もおありでしょうし、下手に立ち廻って一命を落した方もおありでしょう。うまく立ち廻ったにしても、今も御存命な方はそうたくさんはいらっしゃりますまい。どういうものか、こんな意地の悪い見方もしたくなってしまいます。太閤さまには先程申しましたように、人に卓越したところがおありで、それがよく判っておりますが、それはそれとして、一方でやはり恨みの思いは消すことはできないようでございます。

それからもう一つ、太閤さまの大きな茶会と申しますと、どうしても挙げなければならぬものがございます。それは今お話しいたしました正月三日の大きな茶会が催されました同じ天正十五年の十月一日に、北野で催されました野方図もなく大きい茶会のことでございます。宗旦さまは天正六年のお生れと伺いましたが、その頃はまだ九歳か十歳、京の町のこの騒ぎにはお気付ききなかったことと思います。

先きの正月三日の茶会から十ヵ月経っておりますが、この十ヵ月は太閤さまにとっては大変お忙しい時期であったと思います。関東への出兵、九州征伐、そうしたことが一段落し、ほっとひと息入れた時の大きな茶会の興行でございます。

太閤さまの一生でも、この時期が最も大きい力が漲っていた時ではないかと思われます。天下統一という大きいお仕事がほぼでき上がり、あとはあり余った精力を国外へでも向ける以外仕方ないといった時期でございます。太閤さまは五十歳前後、男として最盛期に入っていらっしゃいます。

はっきりと記憶はしておりませんが、

——来る十月朔日から、向う十日間、北野松原に於て茶の湯を興行する。身分の貴賤、貧富を問わず、若党、町人、百姓、誰でもいい。凡そ、釜一つ、つるべ一つ、茶碗一つでも持っている者はみな参会するがいい。茶がないなら焦粉《こがし》でも結構。座敷は畳二畳、畳がないなら莚でもよろしい。数寄の心懸ける者なら日本人に限らない。唐国の者でもい い。

大体こういった意味の立札が諸所にたてられたのは、一ヵ月前でしたでしょうか、一ヵ月半前でしたでしょうか。

師利休もこの大茶会のために、たいへん忙しい日が何日も続いたことを覚えております。何しろこのような桁外れな催しは初めてのことで、発表してしまった以上、実際に催さなければならず、催す以上成功させなければなりません。太閤さまの御茶頭として、師利休、宗及さま、宗久さまなどの御心労はたいへんなものであったと思います。

定められた十月一日にあと二、三日という日に、師利休のお供で、私もまた北野の松原に出向いてまいりましたが、その頃はもう北野神社界隈には一間の空地もないほどぎっしりと茶屋が建ち並んでおり、その間を大工や長櫃を持った人たちなどが往来して、ごった返しておりました。公家衆は公家衆、町方の者は町方の者として、それぞれ一ヵ所に茶屋を造っており、堺衆、奈良衆の茶屋もまた、それぞれ固まって建てられているように見受けられました。こうした縄張を取り仕切ったお役人はさぞ大変だったことでございましょう。北野社の経堂から松海院の近辺まで、ぎっしり茶屋で埋まっております。その数は八百とか、千とか言われておりましたが、実際の数は判りません。太閤さまのお囲《かこい》（茶室）は四つ、北野社の前に造られてあり、ぐるりと葭垣で囲まれてありました。

十月一日の当日は太閤さまの四つの囲には上さま、師利休、宗及さま、宗久さまがお入りになり、それぞれひっきりなしに詰めかけて来る客のために茶をお点てになりました。この四席は午刻（十二時）で打ち上げになりましたが、実に八百三人の客があったと言われております。

こうした四つの囲には、太閤さま所蔵の名品がずらりと並びました。私は師利休が受け持たれた席のことしか存じておりませんが、この席一つでも、捨子の大壺、楢柴の茶入、塗天目、高麗茶碗、おりための茶杓、蛸壺の水こぼし、竹の蓋置、玉磵の平沙落雁の絵、胡銅の釣瓶、青磁の筒花入、尻ぶくらの茶入、といった眩ゆいばかりの道具飾りでございます。

こうなりますと、太閤さまの囲の道具組みがどのようなものであったか。それから宗及さま、宗久さまの囲のことも気になってまいりました。まあ十日までの期間中、ゆっくり拝見しよう、そういう気持になっておりましたが、残念ながらそれはできませんでした。

というのは、十日間を予定されておりましたこの北野茶湯が、最初の一日で取りやめになってしまったからであります。中止になった理由は発表されませんでしたが、一日で取りやめなければならぬことがあったことだけは確かでございます。狐につままれたというのはこのことで、北野の松原に茶屋を造った八百人とか千人とかいう有名、無名の茶湯者たちは勿論のこと、京、奈良、堺、一帯の人々が、何か正体の判らぬ不気味な思いにさせられたことは当然でございます。

一日で中止にはなりましたが、この大茶会のことを思いつき、それを実行に移した方は太閤さま以外にはありません。他の誰にもできることではなく、太閤さまらしい思い切ったお考えでございます。そしてありったけの天下の名品をお持ち出しになって、それを北野松原にお集めになった茶人や茶湯者全部に披露なさろうというのも、これまた太閤さまらしい天真爛漫さでございます。

太閤さまは高札でお示しになったように、十日間に亘って貴賤貧富の別のない大茶会を楽しみたかったに違いありません。惜しくも最初の一日だけで終った大茶会ですが、その日の午後は、太閤さまは北野松原に造られている夥しい数の茶屋を見物して歩かれ、時には足を停めて侘び者の囲を訪ね、太閤さまらしく振舞っております。美濃の国の一化という者の囲に入って一服所望したり、侘茶人・ノ貴（へちかん）という者が朱塗りの大傘を立て、柄を七尺ばかりにして、その周囲をぐるりと、葭垣で囲ってあるのに目をつけ、それをお褒めになったりしていらっしゃいます。人の話では、そのノ貴の朱の傘は陽に輝きわたって、多勢の人の目を驚かせたそうであります。そうしたことに興ずるところも太閤さまらしいと思います。

そういう太閤さまでありましたのに、それから間もなく、八ツ（午後二時）過ぎには、すべての桟敷を取り壊し、辺りをもとの松原にするようにという命令をお出しになったと伝えられております。そして実際にすべてはそのように執り行われました。こうした太閤さまのお心のうちは誰にも判りません。師利休にもお判りにならなかったようでございます。

　そのあと暫くの間、北野大茶会を中止させたものは何であったか、巷間ではいろいろと取沙汰されました。佐々成政の失政で、肥後の国に一揆が勃発し、その報せが、時もあろうに十月一日、北野の大茶会が開かれている最中に入って来ている。そんなことがあの大茶会を打切らせた原因になっているのではないか、そのようなことも言われました。また師利休を初めとする堺の茶人たちが、あの茶会を取り仕切っていたが、そのあたりに太閤さまを不快にした何かがあったのではないか、そのような噂も流れました。その他、道具が紛失したらしいとか、刺客が捉えられたそうだとか、いろいろなことが言われましたが、いずれもそのうちに、そうした噂はすべて消えてしまいました。要するに誰にも真相の判らぬ奇妙な大茶会興行の打ちどめだったという他ありません。

　しかし、それから三十二、三年経って、いま改めてその当時のことを思い返してみますと、太閤さまに、御自身が生み出したあれだけの大茶会をいきなり中止させたものは、やはり肥後の一揆のことしかないのではないか、そのように思われてなりません。実際にあの北野大茶湯の第一日に、肥後一揆勃発の報せが太閤さまのところに届いたことは事実のようでございます。

　これは本覚坊の勝手な解釈ですが、太閤さまのお心のまん中に坐っているのは、やはり武人としての御気性、自分に刃向う者は尽く征服してしまわねばならぬといった御気性であろうかと思います。思いがけない肥後の一揆の報せが、ふいに太閤さまを本来の太閤さまに立ち直らせたのではないでしょうか。その瞬間、ふいに茶など点てている気にはならなくなったのでありましょう。そういうところが、太閤さまの武人としての非凡さを支えているのではないかと思われますが、いかがなものでございましょう。

　誰もそうした太閤さまの心の内側を覗くことはできませんし、また、そうしたものを覗かせるような方でもございません。

　あのまま予定通り北野の大茶会を続けていても、天下の情勢は何も変らなかったと思います。茶会をやっていようが、やっていまいが、肥後の情勢にはさして変化はなく、一揆は実際にそうであったように、やがて鎮圧されたに違いありません。でも太閤さまはそれがおできにならなかった。有卦《うけ》に入って、茶会などやっている御自分が許せなかったのでありましょう。一瞬にしてあの大茶湯興行を取りやめにするものは、そういうものしかない、そのように思われます。

　天正十五年正月三日の茶会に異様な衣裳で乗り込んだように、太閤さまは、あの時、ふいに髪を振り乱した合戦場の修羅の形相で、北野の大茶会の中に入ってゆきたくなったのでありましょう。

そうした自分を制するには、茶会の方を中止し、即座に茶屋の方を取り壊すしか仕方なかったと思います。太閤さまという方は、そういう方だったかと思います。もし、こういう太閤さまを知っている方があるとすれば、それは師利休お一人ではなかったかと思います。国内ばかりでなく、国外にまでその鉾先を向けようとしている、征服というものに生命をかけている武人の心の動きを知る人があるとすれば、やはり侘数寄というものに生命を賭けている師利休しかないのではないでしょうか。

これも本覚坊の考え方、間違っているかも知れません。

師利休が御茶頭をおつとめになった太閤さまの茶会のうち、本覚坊が多少でもお話し申し上げられるものは以上のようなものでございます。何の御参考にもならなかったかと存じますが、お捨てになるところはお捨てになり、もし多少でもお採りになるところがございましたら、本覚坊、望外の仕合せでございます。

それから、この前参上いたしました折、もう一つお訊ねがございました。たいへん怖い、と申しますか、たいへん難しい、本覚坊如きの者の手に負えない、片言隻句も口を差し挟むことのできないお訊ねでございました。師利休はどのような理由で死を賜ったか、世上いろいろ噂されており、その大部分のものは知っているが、本覚坊自身はどう思っているか、それについて話して貰いたい。こういう御依頼でございました。

　このことに関しましては、あの時、一応、御辞退申し上げたかと思います。実際に何も存じておりませんし、また今日までの二十八年の間、ただ一度もそれを知ろうと思ったこともございませんでした。師利休が死を賜った理由が何であれ、それを知ったからと言って、師利休が再びこの世にお還りになるというわけのものでもございません。師の御災難だった！　いつもそのように思い、その御災難がいかなるものであったか、そうしたところに思いを向けたことはございません。いかなる理由にせよ、師利休に死を賜った太閤さまへの、憤りと恨みの思いだけは消えることはありませんでしたが、相なるべくはそこからも身を引くことを努めてまいりました。こうしたことについては、今日最初にお話し申し上げたかと存じます。

　しかし、宗旦さまが祖父さま利休のあのような御最期について、それがいかなる性質のものであったか、知り得るものなら知っておきたいというお気持になるのは、当然なことでございます。この前お席を辞して、この陋宅に帰りました夜、初めて、本当に初めてのことでございますが、師利休はいかなることのために、あのような御最期をお持ちになったのであろうかと、そういうところに思いを馳せました。自分ながらこうしたことのできるのが信じられぬ思いでございましたが、それはやはり事件から今日までの間に二十八年という歳月が置かれているということでありましょうか。そして、その夜、本覚坊の脳裡を去来しましたことを、一応お話してみようかと思います。もちろん私が師利休の死の原因が何であろうか知っていよう筈はありませんし、そうしたことを語る資格もございません。ただ師利休のお傍近くに十年間お仕えした者が、事件から二十八年経った時、どのような考え方をしたか、ただそれだけのことをお話してみようかと思うのでございます。

先日の御質問のお答えにはなりませんが、事件前半歳の間に開かれた聚楽屋敷の茶会のことなどお話してみることにいたしましょう。


この前、宗旦さまは師利休の賜死事件を惹き起す原因となったものとして、世上に流れている幾つかの噂をお数えになりました。大徳寺の山門事件、茶器の売買問題、太閤さまの恩寵に甘え、その限度を越えたこと、茶匠として力を持ち過ぎた堺衆の代表として見られたこと、半島出兵に対する自重派と通じていたということ、——その他まだ幾つかございました。いずれも事件後二十八年の間に、この本覚坊の耳にも一度や二度は入って来ているものばかりでございます。

こうしたことが、流布されたり、その噂が未だに消えないでいるということは、そういうことも充分に考えられるといった、それだけのものはあるのでございましょう。大徳寺の山門事件など、師利休の自刃後木像のはりつけ騒ぎまであったということですから、それが本当なら、それで問題は落着してしまいそうなものですが、そうならないというのは、どういうことでございましょうか。

大体、師利休はどこで自刃なさったのか、どなたさまに伺っても判らないようでございます。堺であるか、京であるか――ふしぎなことでございます。が、いずれにしましても、本覚坊にはそうした問題を判断する力もありませんし、いかなる感想を述べる資格もございません。ただそうした噂を耳に致しました時、悲しい思いが胸に立ち込めて来るだけのことでございます。

もし、師利休賜死事件の真相を御存じの方があるとすれば細川三斎さま、古田織部さまといった方々であろうかと存じますが、もしかするとこうした方々でさえ御存じないのではないかと思いたくなります。古田織部さまには、その晩年二回お目にかかっておりますが、何も御存じの御様子はなく、お詫びすれば助かったのに、どうしてお詫びなさらなかったのかと、そのことばかりおっしゃっておりました。そしてその果てに、御自身もお詫びも、釈明もなさらず、自刃なさっていらっしゃいます。細川三斎さまにはお目にかかっておりませんので、いかなるお考えを持っていらっしゃるか存じませんが、やはり何も御存じないのではないでしょうか。もし御存じであったら、いくらお匿しになっても、それは世の表面に現われるであろうかと思われます。死を賜った師利休も、死をお与えになった太閤さまも、共に故人になっておられ、しかも世は大きく変って徳川さまの御代になっておりります。三斎さまがむきになってお匿しになる理由は判りません。まあ三斎さまも、本当は御存じないのではないでしょうか。三斎さまさえ御存じないということは、太閤さまが師利休へのお怒りを、――死をお与えになるくらいですから、やはりお怒りになっていたのでありましょうが、それがいかなるところから発していたかということを、誰にも洩らしていらっしゃらなかったということになります。もしそうなら本当に太閤さまらしいと思います。あの北野大茶湯興行の突然の中止の理由さえ、誰にもお洩らしになっていらっしゃらないのですから。

先程、お席へ参上したあの日、この陋宅に帰ってから、初めて師利休の賜死事件について、あれこれ思いめぐらせたと申しましたが、その折まっ先きに頭に入ってまいりましたのは、あの天正十八年の秋から翌十九年の初めにかけて聚楽の利休屋敷に於て開かれた茶会のことでございます。

私はそれまで長いこと、師利休はやがてすぐそこに迫ってくる死を予感されてか、次々にお別れの茶会をなさっていた、そのような考え方をしておりました。そして親しい方々はみな、そうしたことは知らないで、あの二畳敷、あるいは四畳半の席で、師利休がお点てになる茶をお飲みになり、結局のところは師とお別れしたのである。そのように考えておりました。

しかし、その夜、そうした考え方を改めました。師利休は全く死など予感なさっていらっしゃらなかったと思います。天正十八年の秋は澄んで爽やかで、暮から十九年の正月、そして閏正月にかけては、寒さは厳しゅうございましたが、これまた静かに晴れた冬の日が続きました。

そうした中で、この約半歳の間、師利休は朝、昼、晩と一日三回の茶会をお勤めになっており、全部で百回近い茶会をお開きになっているのではないかと思います。この時期ほど、師が茶の湯に真剣に打込まれたことはございません。茶人というものは茶さえ点てていればいい、全身でそのようにお言いになっているかのようにお見受けいたしました。

こうした半歳の間に、太閤さまは五回、師利休の席にお越しになっております。九月に二回、十一月に一回、年が改まって正月には、十三日と廿六日の二回でございます。正月十三日の時は前田利家さまと施薬院さまをお連れになっていらっしゃいます。太閤さまにとってはお気のおけない方たちで、前田さまは五十台の半ば、施薬院さまは六十台、施薬院さまの方が少し御年長。心にわだかまりのない時は、太閤さまは御自分と御同齢の方々とお話になるのがお好きのように承っておりました。

廿六日の時の御相伴は織田有楽さま。有楽さまは太閤さまより少し御年少であったかと思いますが、この組合せでは専ら道具のお話になるだろうと思われます。私がそう思うのでなく、その頃いつか、師利休からそのようなことを伺ったことがございます。太閤さまは利休、有楽お二方をお相手に、名物茶道具あれこれについて、御自分流に品定めをなさって、時の経つのもお忘れになっていらっしゃったのではないでしょうか。

太閤さまのお越しは、この有楽さまと御一緒の時が最後になっております。師利休が堺追放のお言い渡しを受けたのは二月十三日のこと、それまでに四十数日の日が置かれております。少くともこの頃までは、師利休の身辺には何事も起っていなかったと思います。

このあと、師利休は二十七組の客を迎えており、大名衆、公家衆、町人茶人、お顔振れはまちまちですが、いずれも御昵懇の間柄の方ばかり。このうち一亭一客でお迎えした方はお三方、閏正月三日朝の松井佐渡さま、十一日朝の毛利輝元さま、そして廿四日朝の家康公。松井佐渡さまは師利休とお親しい細川家の御家老、それから毛利さまはこの半歳の間に三度もお越しになっておられ、いつも一亭一客、豊臣家の重臣で、後の文禄役には総大将として渡海なさった方でございます。

家康公をお迎えした廿四日朝の茶会を境にして、聚楽の利休屋敷は急にひっそりしたものになってしまいます。ぴたりと客は跡絶え、人の出入りはなくなりました。師利休の身辺に容易ならぬものが漂い始めたとしたら、この頃からではないかと思われます。師利休としたら、今までと同じように客を迎え、茶を点て、気心の判った方々と言葉少なに、しかしぴいんと張った受け答えをしていらっしゃりたかったに違いありませんし、そしてそうした日はいつまでも続く筈でありましたのに、それがぴたりと打ち留めになってしまったのでございます。ある日、——それはおそらく閏一月の下旬の、家康公をお迎えした前後のことかと思われますが、太閤さま御不興の報せが伝わり、それによって事情は一変してしまいました。

急に師利休の身辺がざわざわと波立って来たことは、この本覚坊にも感じとられました。師利休は殆ど茶室にお入りになることはなく、大徳寺にお出向きになったり、三斎さま、織部さまなどの御訪問を受けたり、夜になると、そうした方々に書面を認めて、それをお届けになったり、何となく落着かない日が続きました。

その時から二十八年経った今、当時のことを思い返してみますと、どなたにも太閤さま御不興の正体がお判りになっていなかったのではないか、そのように思われてなりません。いずれにしても太閤さまの御不興なるものが非常に烈しいことは、師利休が終始お目通り適わなかった一事でも判ります。そして太閤さまは他のどなたの執り成しもお受けにならなかったのではないかと思われます。

いかなるお咎めか判らない。これほど厄介なことはありません。三斎さま、織部さまなども、手を尽したくても、手の尽しようがないといったのが実情ではなかったでしょうか。

永年、あのように重く用い、いかなることもお許しになっていた御茶頭利休に対して、太閤さまがあのようにお怒りになるということは、あの時期に於ては、ただ一つの場合しか考えられないのではないかと思います。御自分が全力を挙げて為しとげようとしており、そしてその時の到来を、今や遅しと、息をひそめて待っておられた朝鮮出兵の問題に関して、師利休がお気に召さないことを口走り、それがお耳に入ったということでありましょうか。それがいかに些細なことでも、太閤さまはお許しにならぬでしょう。何かそうしたことで、師利休は自分でも気付かぬような小さい過失を犯しておられたのではないかと思われてなりません。もちろん、それはあの二畳、あるいは四畳半の席に於てのことでありましょう。北野大茶湯をご自分ひとりの気持で、いきなりお切り棄てになられた太閤さまが、この場合、どうして師利休をお切り棄てにならぬのでしょう。しかし、これは全くの本覚坊の推測に過ぎず、当っているか、全く的を外れているか、その点は判りません。

師利休は何のお咎めかよく判らないままに、――多少思い当るふしはあったにしても、まあよく太閤さまのお心が判らないままに、堺追放の言い渡しをお受けになったのではないかと思います。

それから、このことも私一人の勝手な推測にすぎませんが、堺にお移りになってから、こんどは太閤さまと師利休のお立場は逆になったのではないか、そのように思われてなりません。太閤さまの方は冷静になり、堺に放った師利休をお呼び戻しになりたくなったかも知れません。が、こんどは師利休の方が、その太閤さまのお心をお受付けにならなかったのではないか。

――利休どのはなぜお詫びしなかったのか。お詫びすればお助かりになったのに、なぜ、お詫びしなかったのか。その最後の御心境が知りたい。

こういう古田織部さまのお声が、今も耳にあります。私も亦、二十八年前に自刃遊ばされた師利休に、同じことを申し上げたい気持でございます。師利休はきっといつかお答えになりましょう。納得するようにお訊ねすれば、きっとお答えになると思います。が、なかなか難しい。本覚坊の手に負えることではないような気がいたします。宗旦さまが、本覚坊に替って、そのことを為して下さるでしょう。この何日か、しきりにそのような思いに取り憑かれております。

終章

十二月廿四日、辛卯、天晴深霜——註、元和七年、陽暦翌年二月四日——

有楽さまが去る十三日に正伝院にて御他界遊ばされたこと、そしてその葬儀が、今日廿四日九ツ半（午後一時）に京五条川原にてこれある由、大徳屋から報されて来たのはつい三日前のことである。夏以来、中風にて体が御不自由なことは洩れ承っていたが、このように早くお亡くなりになろうとは、つゆ思っていなかった。享年七十五歳。このようなことになるならお見舞に参上して、もう一回お目にかかっておくべきであったと思うが、すべてはあとの祭りである。こちらも昨年来、何となく体の弱りを覚え、京の町へ出るも億劫になって、なるべく控えるようにしていたくらいだから、正伝院にもつい足が遠のいていたのである。

この前お目にかかったのは、有楽さま御所持のお道具類を虫干しのお手伝いがてら拝見に参上した昨年の十月である。有楽さま一流の、いいものも決して素直にはいいとおっしゃらぬ道具への対い方がいかにも面白く、楽しく半日を過ごさせて頂いたのであるが、それが最後のお目見えになってしまった。

有楽さまの御葬儀となると、本覚坊などが斎場にはいれようとは思われぬが、遠くからでもお別れの御挨拶を申し上げたくて、家を出たのは巳ノ刻（午前十時）である。一乗寺口を過ぎ、高野に差しかかる辺りから悪寒を覚えて、知り合いの農家に立ち寄って休ませて貰った。御葬礼の方は諦める他はなかった。わがことながら情なかった。

そしてその家で食事を振舞われ、夕刻までゆっくり休ませて貰って、暮れてからその家を出た。月は遅い筈である。途中まで農家の若い衆が送って来てくれたが、気分もよく、もはや何事もあろうとは思われなかったので、程なく若い衆には引返して貰う。

一乗寺の集落を出ると、あとは人家はなくなる。それまでは人家の燈火が遠く近く見られ、道筋の家々の夜の集いも時には垣間見られたが、一乗寺の村端れの農家のそれを最後にして、あとは修学院口まで燈火というものにはお目にかかれなくなる。しかし、一筋道ではあるし、歩き慣れた平坦な道でもあるので、別に何の不安もなく、暗い中をゆっくり足を運んで行った。

どれだけ歩いた頃であろうか。足を運んでいる道の面《おもて》にいつか薄ら明りが漂っていることに気付いた。足を停めて空を仰いだ。どこかに月でも顔を出しているのかと思ったが、そうした気配はなく、依然として空は暗かった。

再び歩き出した。そして大分歩いてから、ああ、この道はいつか師利休のお供をして歩いた、あの夢の中の道だと思った。ごく自然にそういう思いがやって来た。確かにそれに違いなかった。冷《ひ》え枯れた磧《かわら》の道が一本続いている。一木一草とてない、あの長い長い小石の道が続いている。あの夢の中で、冥界の道というのはこのような道ではないか、それでなくてどうして、このように魂の冷え上がる淋しい道が続いているのであろうかと思ったが、今も全く同じ気持であった。冥界の道と言ってもいいし、冥界に続いている道、冥界に入って行く道と言ってもいい。この現世の道でないことだけは確かのようである。辺りには昼とも夜ともさだかならぬ、幽かな明るさが漂っている。

ああ、あの夢の中の道を、いままた自分は歩いている、あの時は師は私から少し離れた前方をお歩きになっていらっしゃった、そう思った時、いや、師は今もお歩きになっていらっしゃる！　そのような思いがごく自然に心を捉えた。確かに師はお歩きになっている筈である。あの夢の続きを、いま自分は見ているに違いないのである。あの時の夢は、師の方に深々と頭を下げ、一言も口からは出さないでお別れの御挨拶をしたところで終ったが、本当は私はまた思い直して、やはりお別れすることはとりやめて、あのあとも師のお供をしていたのである。どうしてこの世ならぬ淋しい道を一人でお歩きになっていらっしゃる師を棄てておいて、お別れすることができるであろうか。ただ、現在の場合は、あの時よりももっと距離を置いて、ずっとあとの方から師のお供をしているのである。一度お別れの御挨拶をしてしまった以上、そうしないわけにはゆかないのである。だから師のお姿は見えない。

あの夢では、妙喜庵から京の町へ続いている道だと思い、それを怖ろしいことに感じたが、いま師と自分が歩いている道は、まさしく京に入り、聚楽第のまん中を突きぬけ、それからまた京を出て、更にその先きへ真直ぐにどこまでも伸びている道であるような気がする。そしてその道のずっと先きの方を、師はおひとりでお歩きになっていらっしゃるのである。師のお姿も見えなければ、跫音も聞えない。自分は師とお別れした筈なのに、やはり師のことが気になって、師のあとに随っているのである。

山崎の妙喜庵を出てからずいぶん経っている。山崎の妙喜庵から始まって、一体どこまで続いている道なのであろうか。師おひとりの道である。師以外、誰も踏み込めぬ道である。師以外誰がこのように淋しい道に立ち入ることができるであろうか。

師よ。一体どこへいらっしゃる！　どこへいらっしゃろうとしているのであろうか！そう思って、師よ！　と思わず声に出そうとした時、自分は何かに躓いて、片脚を地面に折った。瞬間、今まで聞えなかった高野川の川瀬の音が急に鮮やかに耳に入って来た。それと同時に、ああ今、自分は修学院在の己が家に帰ろうとしているのだということに気付いた。足許の薄明りはなくなり、冷え枯れた磧の道は消え、片方を崖、片方を田圃に遮られた何の取得もない一本の田舎道が闇に包まれて前に伸びている。

それにしても何と心も体も冷え切っていることか。厳寒十二月の、しかも夜更けの時刻である。心が冷えようが、体が冷えようが、何の不思議もない。

修学院口で小道に入るそのあとは体の震えをとめることができず、体を震わせたまま、ふらふらになって家の戸口に辿り着き、土間に転がり込む。そしてすぐ炉端に倒れた。隣家の内儀さんが炉を燃してくれてあったので、そのままそこに翌朝までこんこんと眠る。高熱は二日間続いた。

十二月廿九日、丙申、天晴

今朝、床を上げ、一日何もしないで炉端に坐って過ごす。ここ四、五日、食事はすべて隣家の内儀さんの世話になって、毎度運んで貰っていたが、今日初めて炉端で自分の手で粥を炊く。昨日まで食欲は捗々《はかばか》しくなかったが、今日は多少回復しているようである。やはりもう冬の間の外出は慎しまねばならぬと思う。あとで考えてみると、多少風邪気味だったのを押して外出したのがいけなかったのである。

有楽さまの御霊《みたま》をお送りできなかったためか、今日は在りし日の有楽さまのことがしきりに次々と偲ばれて来て、終日有楽さまとご一緒に過ごす。何といっても、師利休をご存じだった数少い方のおひとりであった。もう武将では師利休と御昵懇であったのは細川三斎さまぐらいしかいらっしゃらないのではないか。堺では今井宗薫さまが御健在だと有楽さまから伺ったことがあったが、果して今も御健在であるか、どうか。三斎さま、宗薫さま、お二方には師利休御在世の頃お会いしているだけなので、お目にかかっても、別段お話することはなさそうである。話のつぎ穂に困るのではないかと思われる。

有楽さまとは元和三年十月、正伝院に茶室如庵をお造りになる時初めてお目にかかり、それから僅か四年ほどのお付合いでしかなかったが、あのような御性格だったので、お目にかかる度に親しく声をかけて頂き、必ず一度や二度は師利休のお話を聞かせて頂いた。つき放してお話していらっしゃるようであったが、その中に必ず師利休をあたたかく抱きとっていらっしゃるところがあったと思う。そういう意味では本覚坊にとってはかけ替えのない方であった。墓所はおそらく正伝院に造られるであろうから、春になるのを待って、一日も早く墓参させて頂こうと思う。

十年程前なら、師利休に有楽さまが亡くなられたことをお伝えするのであるが、ここ何年かは、いくら言葉をおかけしても、師利休のご返事は頂けなくなってしまっている。ここ修学院在に引込んだ当初の頃は毎日のように、と言うより終日、師のお声を聞き、師とお話して過ごしたのであるが、今考えると夢のようである。それが次第にこちらから話しかけるのも間遠になり、お返事の頂けるのも間遠になってしまった。こういうことがとりも直さず歳月というものであろうかと思う。師利休の御他界からいつか三十年という歳月が流れている。宗及さま御他界からも同じ三十年、山上宗二さまの御最期から三十一年である。宗久さまが亡くなられてからは二十八年、天下の御茶頭衆がそれぞれお亡くなりになってから、今日までに容易ならぬ歳月が流れてしまっているのである。

有楽さまはいつか、利休どのは宗及どのに図られたかも知れないな、そのようなことを例の調子で半ば冗談のようにおっしゃったことがあったが、そう言われてみれば、お二人の間には多少相容れぬところがおありであったかも知れない。しかし、そうしたこともみな三十年という歳月が跡形もなく押し流してしまっているであろうと思われる。

氏郷さまの御他界も遠い昔である。大徳寺の古渓さまも同じこと、お二人ともお亡くなりになってから、二十数年になるのではないか。織部さまの御自刃、右近さまの国外追放、その悲しみは未だに胸に疼いて消えないでいるが、それでも算えてみると、あれから早くも六年の歳月が経っている。一世の侘数寄者、東陽坊さまの御他界からは二十三年、江雪斎さまのそれからは十二年、歳月というものは何もかも呑み込み、押し流し、跡形もなくしてしまう。怖いようなものである。この本覚坊もまた、遠からずその歳月という流れの中に取り入れられてしまうことであろうと思う。本覚坊の場合は、本当に正真正銘影も形もなくなってしまう。

夜になってから、有楽さまが生前いろいろとお話になったことを思い出し、そのお話の中で多少気になっていることについて考えてみる。いつのお話かよく覚えてないが、有楽さまはおっしゃったことがある。

――利休どのの茶会の中で、一番いい茶会はいつであったかな。本覚坊どのに、自分の知っている茶会の中で一番よかったと思うものを挙げて貰いたい。

その時、自分は宗及さまと師利休のお二人の一亭一客の茶会を挙げた。亭主は師利休、客は宗及さま、時は大寒の入り、暁の茶会。寅の刻（午前四時）に宗及さまがお越しになったが、その頃から雪が落ち出していた。――ここまでお話したが、有楽さまは受けつけられなかった。

――そんなものは茶ではない。茶人と茶人が尤もらしい顔をして茶を飲んだって始まらぬ。雪が降ったのは、恰好がつかないので雪の方で降ってやったのだ。わしは一生のうちに、これが茶会だなと思ったことが一度だけある。

そう切り出されて、本覚坊の話は向うへ押し遣って、御自分の話をそれにお替えになった。

――大坂夏の陣に於て河内でいち早く討死した木村長門守重成どのを、その半歳前に大坂の余の茶室に迎えたことがある。客は既に半歳先きに迫っている死を覚悟していた。木村長門守にとっては今生最後の茶であった。それが余にはよく判った。何と言うか、それは自分が死んでゆくことを自分に納得させる、謂ってみれば死の固めの式であった。それに余は立ち合わせて貰った。茶はこのようなものであったかと思った。

有楽さまはおっしゃった。その時の有楽さまの、有楽さまらしからぬ固いお顔が眼に浮かんでくる。めったにお見せにならぬ生真面目なものがお顔を走っていたと思う。平生は本心をお見せになるような野暮ったいことは決してなさらないが、あの時は例外だったと思う。よほどその時の木村長門守さまの御態度に心を打たれられたのであろう。世の噂では、有楽さまは木村長門守さまとは反対に、夏の陣が開かれる前に大坂城を脱け出していらっしゃるのである。そうした有楽さまであるから、木村長門守さまに敵《かな》わぬもののあるのをお感じになったのであろう。

このようなことにあれこれ思いを馳せている時、師利休もまた有楽さまと同じようなことを言われたことがあったと、思いは師利休に移った。

――永禄四年に堺で物外軒（三好実休）どののために茶を点てたことがある。一年先きの死を予感されていた。囲（茶室）に入ってから出るまで終始見事であった。客より五、六歳ほど年長の亭主であったが、亭主の方が及ばなかった。押されづめに押されていた。

師利休は言われたが、有楽さまと同じようなおっしゃり方だったと思う。そう言えば、師利休は、また高山右近さまの茶についても言われたことがあった。

――自分より三十歳も若い南坊（高山右近）どのであるが、今日はどうしても及ばないと思った。尤も今日に限ったことではない。いつも同じような思いにさせられる。どこかに自分を棄てて、これが最後といったところがある。あの静かさは普通では出て来ない。

誰も及ばない。

天正十八年十二月の終りに、右近さまを一亭一客でお迎えになった日の夜のお話である。自分の死を予感するという言い方をするなら、あの時師利休はあと二ヵ月余り先きに迫っている御自分の死を御存じなく、右近さまの方はそれから二十四年あとの国外追放を、明日のこととして覚悟なされていたということになるのであろうか。

それはそれとして、師利休がお褒めになるように、本覚坊の眼にも高山右近さまはいつも御立派に見えた。もし茶室に於けるお姿の立派だった方を一人選ぶとすると、本覚坊の場合も亦、高山右近さまということになりそうである。バテレン信者というものがいかなるものであるか、本覚坊如きの知ろう筈はないが、死を覚悟しているという見方をすれば、高山右近さまには、いつもそういうところがおありだったかと思う。そういうところを、師利休は自分の及ばないところとお考えになっていらっしゃったのであろう。

師利休は高山右近さまに、有楽さまは木村長門守さまに、それぞれ敵わぬもののあったことを、素直に認めていらっしゃるのである。そういうところは天下の大宗匠の大宗匠たるところで、余人の真似て及ばないところかと思う。

それから有楽さまが師利休に関しておっしゃったことで、今でも気になっていることがある。いつのことであったか、有楽さまはこうおっしゃった。

――利休どのは多勢の武人の死に立ち合っている。どのくらいの武人が、利休どのの点てる茶を飲んで、それから合戦に向かい、そして討死したことか。あれだけたくさんの武人の死に立ち合えば、義理にも畳の上では死ねぬであろう。

有楽さま流の言い方であるが、これまたそれを耳にした時から今日まで、何となく心のどこかにひっかかっている言葉である。有楽さまは木村長門守さまの死の固めの式に立ち合ったという言い方をなされたが、そういう言い方をするならば、師利休の方はそれ以上にたくさんの武人の方々の死の固めの式に立ち合っていらっしゃるに違いないのである。本覚坊の存じ上げない方々であるが、松永久秀、三好実休、瀬田掃部、明智日向守、その他たくさんの武人の方々の死の固めの式に、師は立ち合っておられるのではないかと思う。いずれも時折、師利休が口からお出しになっていたお名前である。本覚坊が師利休にお仕えするようになる以前に、戦場で相果てた方々で、茶に嗜みの深い武門の方々であったと承っている。

師利休は、太閤さまが茶室に入って一番御立派だった時は、天正十年から十一年にかけてであったとおっしゃったことがあった。天正十年は明智さまを山崎に破った年であり、天正十一年は柴田勝家さまを北ノ庄に討った年である。太閤さまは太閤さまで、やはりあの二つの合戦を前にして、師利休立ち合いのもとに、死地に向う式、死の固めの式を執り行われたということであろうか。

——利休どのは豪かった。自分ひとりの道を歩いた。自分一人の茶を点てた。遊びの茶を、遊びでないものにした。と言って、茶室を禅の道場にしたわけではない。腹を切る場所にした。

有楽さまはまた、初めて本覚坊が茶室如庵に坐らせて頂いた夜、お話の中でこのようにおっしゃったことがあった。有楽さまが師利休を豪かったと素直にお褒めになったのは、あとにも、先きにも、この時が一回きりである。しかし、こう褒めていただいたことで、本覚坊はその後何回も正伝院に有楽さまをお訪ねするようになったのである。

一体これはどういうことであろうか。確かに師利休はご自分ひとりの道をお歩きになったに違いないのである。夢の中でも、師利休は他の誰もがお歩きにならぬあの冷え枯れた淋しい道をお歩きになっていらっしゃったではないか。

遊びの茶を遊びでないものにした。——これはどういうことであろうか。腹を切る場所にした。——こうなると、一層わけが判らなくなる。だが、こうした言葉はふしぎに本覚坊には不快にも厭味にも響いて来ない。どのような意味が含まれているか知らないが、師利休を傷つけたり、蔑んだりしているところはないように思われる。

茶室を腹を切る場所にしたという肝心の師利休はお亡くなりになってしまっており、そのような極め付け方をなさった有楽さまもまたお亡くなりになってしまっている。お二方のどなたにもお訊きすることはできないが、師利休の茶は、きっとそのような言い方のできるものであったかも知れないと思う。そうでなかったら、本覚坊はこの言葉を不快に思って然るべきであるが、いささかもそのようなことはないのである。

大体、あの冥界の道とでも言いたい淋しい道は何であろうか。山崎の妙喜庵を出てどこまでも限りなく真直ぐに伸びているあの道は何であるのか。どうして師はあんなところをひとりでお歩きになっておられたのであろうか。何となく解りそうでいて解らない。しかも自分は二回も師のお供をして、そこを歩いているのである。一回は夢の中で、一回は有楽さまの御葬儀の日の夜の、あの高熱に浮かされた夢幻さだかならぬ怪しさの中で。

ここ当分、こうしたことで日夜頭を悩ますことであろうと思う。年齢のせいか、昨年あたりから、少しでも気になることがあると、そこから思いを他のどこへも持って行けなくなってしまっている。いつか師利休の歿年に達し、それを一歳越してしまっている。

二月七日、癸酉、天晴――註、元和八年、陽暦三月十八日――

暁方、夢を見る。

もう大分長いこと水屋に坐っている。囲（茶室）の中には、いついらっしゃったのか、師利休が点前座にお就きになっておられる。物音一つ聞えずしんと静まり返っているが、師利休がそこに坐っていらっしゃることだけは判る。師がお坐りになっているだけで、席のたたずまいはすっかり変ったものになってしまい、いつものことであるが、水屋に控えている本覚坊にまで、ひしひしと、それが感じられるのである。

書院には既に検使の三人の方がお見えになっている。三検使のうちのお一人は蒔田淡路守さまである。他の二人の方は存じ上げないが、蒔田さまは屢々聚楽第の利休屋敷にお見えになっており、本覚坊もその度に声をかけて頂いている方である。昨天正十八年霜月廿二日の朝の茶会には、長谷川右兵衛さまと御一緒に四畳半の席にお坐りになっていらっしゃる。恐らくそれが師利休との最後の茶会になっているだろうと思う。先程耳にしたところでは、上意によって、蒔田さまが介錯役に当たられるという。蒔田さまにとってはさぞお辛いことではあろうが、師利休は介錯役が蒔田さまと知って、御安堵遊ばされたのではないかと思う。

――お久しゅうございました。

突然、師利休の声が耳に入って来て、はっとする。席には師利休以外に、もう一人いらっしゃるのである。師利休が最後の茶をお点てになる時、どなたがお坐りになっておられるのであろうか。すると、

――上さま。

再び師利休の声が聞えてくる。こちらも再びはっとする。上さまと申し上げる以上、太

閤さま以外の方であろう筈はない。それにしても、太閤さまはいつ、どこから席にお入りになったのであろうかと思う。

そうしている時、突然、ばらばらと小石でも屋根を打っているようなけたたましい音が聞えて来、それが刻々烈しくなって来る。雹が落ちているのである。それも普通の降り方ではない。やがてその雹の音が天地を包んでいるとでも言いたいくらい烈しくなる。そうした中から師利休の声が聞えて来る。最後の師の声である。一言も聞き洩らすまいと、片手を畳の上につき、身を前に屈める。

——上さまに初めてお目にかかりましたのは天正四年の春、出来上がったばかりの安土のお城の茶室でございました。上さまは宗易（利休）の点前で、信長公から茶を賜っておられました。あの頃は長浜城をお預りになっておられ、まだ四十歳の御年齢、お若うございました。

——左様、若かったな。

——あの席には信長公が堺の数寄者から召し上げられた道具が並んでおりました。宗及さまが所有していた菓子の絵、薬師院さまが持っていた小松島の壺、油屋常祐さまの柑子口花入、それから初花の肩衝、法王寺さまの竹杓子。

——…………

——上さまは、それらをそつなくお褒めになり、それが堺の町人の手から主君信長公のお手に入ったことを、それらの名品のために慶賀する、そのように御挨拶なさっていらっしゃいました。

——そうだったかな。

——上さまが信長公から茶の湯を催すことを許されましたのは、確か天正六年。その年の秋、播州三木の城で初めて筑州さま口切の茶会を開かれましたが、それには宗易、お招きに与りませんでした。それから四年後の天正十年の晩秋、山崎の妙喜庵で、宗及、宗久、宗二の宗匠たちと一緒に、上さまの茶会に出させて頂きました。信長公の御葬儀が大徳寺で盛大に執り行われました翌月でございました。その折、上さまを本当に御立派だと思いました。それから確かその翌十一年にも、正月と二月に、同じ妙喜庵で上さまの茶会がございましたが、それに続いて五月にも坂本で、——いつも宗易が取り仕切らせて頂きました。坂本の茶会には初めて上さまの御茶頭という資格で席に臨みました。忘れもいたしません。床には京生島の虚堂の墨跡、荒木道薫の青磁の蕪なしの花入、せめひもの釜、紹鷗の芋頭茶入、大覚寺天目で上さまに一服、蛸壺の水下《みずこぼし》、あとの衆は井戸茶碗でのみ廻し。

——よく覚えているな。

——それは覚えております。宗易、生涯での記念すべき日でございます。あれから今日まで足かけ八年、上さまにお仕えしてまいりましたが、いよいよお別れの日となりました。永年に亘っての御愛顧、御温情のほど、お礼の申し上げようもございません。

——なにも別れなくてもいいだろう。

——そういうわけには参りません。死を賜りました。

——そうむきにならなくてもいい。

——むきにはなりません。上さまからはたくさんのものを頂いてまいりました。茶人としていまの地位も、力も、侘数寄への大きい御援助も。そして最後に死を賜りました。これが一番大きい頂きものでございました。死を賜ったお蔭で、宗易は侘茶というものがいかなるものであるか、初めて判ったような気がしております。堺へ追放のお達しを受けた時から、急に身も心も自由になりました。永年、侘数寄、侘数寄と言ってまいりましたが、やはりてらいや身振りがございました。宗易は生涯を通じて、そのことに悩んでいたように思います。が、突然、死というものが自分にやって来た時、それに真向うから立ち向った時、もうそこには何のてらいも、身振りもございませんでした。侘びというものは、何と申しますか、死の骨のようなものになりました。

——それはそれでいいではないか。むきにならない方がいい。

——でも、上さまは今はそのようにおっしゃいますが、上さまは上さまとして、本気で刀をお抜きになりました。お抜きになってしまいました。そうなると、宗易は宗易で、茶人として刀を抜くしかありません。

——…………

——上さまはこれまで、茶人としての宗易の採るべきところも、採るべからざるところも、なべて御承知の上でお付合い下さいました。そして採るべきところだけをお取り上げになっていらっしゃいました。ところが、こんどは初めて、宗易の何もかも、一つに纏めて、お取り捨てになりました。

——そんなことを言うなら、宗易も同じことではないか。余から採るべきところだけを採って、そこで余と付き合っていた。

——そうでございます。それでよかったのでございます。それなのに、上さまは刀をお抜きになりました。そうなると、宗易は宗易で、上さまに対して刀を抜くしかございません。上さまに上さまとしてお守りにならねばならぬものがあるように、宗易にもまた、茶人として守らなければならぬものがございます。刀なんか抜いてお見せにならず、いっそのこと腹立ちまぎれに、いきなりばさりとお切り捨てになればよろしかった。そうすれば何も問題は残りませんでした。でも、そうなさらなかった。

——…………

——お気に召さないといって、死を下さいました。堺追放をお言渡しになった時、見栄も外聞もなく、上さまは本当の上さまになられました。茶がなんだ、侘茶がなんだ、そんなものは初めからたいしたものとは思っておらん。付合ってやっただけだ。そんなお声が聞えました。上さまが本当の上さまになられたことで、宗易もまた本当の宗易にならねばなりませんでした。お蔭さまで宗易は本当に、長い長い間の夢から覚めることができたように思います。

——………

——上さまは茶室に入っても御立派でしたし、お目利きもたいへんなものでございました。でも、もっと御立派なのは武人としてであるに違いありません。こんどのお怒りではきれいさっぱりと、茶などは棄て、本当のお姿をお見せになりました。お蔭で、宗易の方は宗易の方で、長い悪夢から覚めて、茶人宗易に立ち返ることができたと思います。上さまのお力に縋って、この現世の中に、現世の富とも、力とも、考え方とも、生き方とも無関係な小さい場所を作ろうといたしました。が、そんなことはもともと無理なことでございました。自分ひとりがそこに坐っていれば宜しかったのでございます。それなのに、愚かにも多勢の方々をそこへ入れようと思いました。とんでもない間違いでございました。上さまから死を賜った時、初めてそれが判りました。判ったというより、長い間忘れていたものに気付きました。妙喜庵の二畳の席を造った時の初心を思い出すことができました。あの妙喜庵の席は上さまの御命令で造った席でございます。が、上さまをお入れするためではなく、宗易自身が坐るために造った席でございました。それなのに上さまなどをお入れして。

――………

――そういうことに気付いた時、久しぶりで心の中に生き生きと立ち騒いでくるもののあるのを覚えました。妙喜庵の茶室は茶人宗易のお城でございます。一兵一卒もありませんが、宗易一人が籠って、世俗と闘うお城でございました。それなのに、それを京の中にも、大坂のお城の中にも、方々に造って、多勢の無縁の方々をそこへお入れしようとした。――大きな考え違いでございました。上さまのお力に縋ればそれができると思いました。――大きい間違いでございました。

――………

――侘茶の世界。それはなんと長い間、私にとっては不自由な世界であったことでございましょう。でも自分の死を代償として、それを守ろうとした時、それは一瞬にして、生き生きした、しかも自由な世界に変りました。

――………

――御命令で堺に移りましてから、ずっと死が見えております。茶の湯は、己が死の固めの式になりました。茶を点てても、茶を飲んでも、心は静かでございます。死が客になったり、亭主になったりしてくれております。師の紹鷗が、連歌の極みは枯れかじけて寒いというが、茶の湯の果てもまたかくありたいものであると、そのようなことを言っておりましたが、その枯れかじけて寒い心境というのは、こういうものであろうかと、何回思ったことでございましょう。

——……………

——それにつけても、枯れかじけて寒いこの心境に、宗易の前にたくさんの武将の方々がお坐りになっていたかと思います。その時々の名だたる武将の方々の茶室に於けるお姿が眼に浮かんで参ります。御茶頭として上さまのお力に縋り、それに守られていた宗易が一番茶の心から遠かったのではないかと思います。羞かしいことでございます。

——判った、判った。気を取り直して茶をもう一服点ててくれ。それにしても道具らしい道具は一つもないではないか。

——茶碗と茶入と茶杓がございます。ほかのものは何もございません。妙喜庵の茶室を造りました頃から、余分なものは一つ、一つ失くすように心掛けてまいりました。が、いくら物をなくして行っても、最後には自分だけが残ってしまいます。が、いよいよその自分を失くす時が参ったようでございます。

——もういいではないか。今まで通り余のために茶を点ててくれ。どうして、そんな神妙な顔をしている？

——上さまがお優しいからでございます。考えてみますと、安土城で初めてお目にかかってより、ずっと優しくして頂いて参りました。この世の中で一番優しくして頂いたのは、何と申しましても上さまでございます。

——もう刀を抜くようなことはせん。

——めっそうな！　刀をお抜きにならなかったら上さまではなくなってしまいます。先刻刀をお抜きになったことをお恨み申し上げましたが、上さまはやはりお腹立ちになりましたら刀をお抜きになるのがよろしい。誰にでも死を命じられるのは、この世で上さまお一人でございます。そうなるために、そうなりたいために、何回命をお張りになっていらっしゃいますか。

——判っている。が、とにかく宗易は腹を切らなくていい。

——そういうわけには参りませぬ。宗易の最後の茶を見るために、大勢の方々がお控えになっていらっしゃいます。

——どこに。

——書院の広間の方に、もう既にお詰めでございます。その中には上さまと闘って、破れて、死んだ方々も多勢いらっしゃるかと思います。お気をつけ遊ばしませんと。

——なに？

——どうぞ、もうお引きとり遊ばしますように。では上さま、これでお別れいたします。

——…………

——では、上さま。

瞬間、茶室の中は静かになった。太閤さまはお立ちになった筈であるが、なんの物音も聞えない。どこからもお出ましになった気配のないところから推すと、その場でお消えになったとしか考えられない。

太閤さまがいらっしゃらなくなったあとで、師利休はおひとりでどうしておられるのであろうか。そういう思いに捉われた時、

——そこに居るのは、たれかな。

師利休のお声がかかった。

——本覚坊でございます。

お答えすると、

——本覚坊か、よく来てくれたな。宗易、忝く存ずる。

すぐには言葉が出なかったが、少し間を置いてから、やっとのことで、

——お別れに参りました。

こう申し上げると、

——いつか、あの淋しい磧の道で別れたな。あれで別れてしまったと思っていたが、また別れに来てくれたか。

——でも、あのときはお別れしてしまうことはできませんでした。すぐ、またあの道に引き返し、あとはずっと背後の方からお供いたしました。

——あの道は余ひとりの道。本覚坊などの入ってはならぬ道。

——どうしてでございましょう。

——茶人としての利休の道。他の茶人には、それぞれ別の道がある。師紹鷗には師紹鷗の道がある。宗及どのには宗及どのの道。本覚坊が昵懇な東陽坊どのには東陽坊どのの道がある。が、いいか悪いかは知らぬが、利休は戦国乱世の茶の道として、あの冷え枯れた磧の道を選んでしまった。

——あの道は、一体、どこまで続いているのでございましょうか。

——際限なく伸びている。しかし、合戦のなくなる時代が来ると、誰にも顧みられなくなってしまうだろう。あれは利休ひとりの道だから、利休と共に消えるがいいと思っている。

——師お一人の道？

——と言っても、少し先きを山上宗二どのが歩いて行っている。わしのあと、もし歩く者があるとすると、古田織部どのということになろうか。まあ、それで終る。

ここでぷっつりと師利休の声は切れた。そしてもう二度と師の声は聞えて来なかった。

どれだけ時刻が経ったろう。あるいは何ほどの時刻も経っていなかったかも知れない。露地を踏む幾つかの人の跫音で、御跡見《あとみ》の茶が始まろうとしていることを知る。お手伝いすることがある筈であるが、茶室からは何の声もかからない。ただ茶室のぴいんと張った空気だけが伝わって来る。点前座の師利休のお姿が目に見えるようである。

躙口《にじりぐち》の所に、真先きにお姿を現わしたのはどなたであろうか。そこへ眼を当てる。大体水屋から躙口が見える筈はないと思うのであるが、ちゃんとそこが見透せるから不思議である。

最初にお入りになって来たのは、多少お肥りになって、身のこなしが不自由のようにお見受けする家康公である。太閤さまと師利休の一亭一客の茶会が終り、そのあとの御跡見の茶会であるから、家康公がお入りになっても少しも不思議ではない。

家康公に続いて前田利家さま、次に紹鷗さまのお姿が眼に入って来る。次は少し間を置いて毛利輝元さま、松井佐渡さま、施薬院さま、織田有楽さま、細川三斎さま、嶋井宗叱さま、高山右近さま、戸田民部さま、茶屋四郎次郎さま、針屋宗和さま、万代屋宗安さま、そういった方々がお入りになってくる。天正十八年の秋から十九年初めにかけて師利休の晩年の茶会にお顔をお見せになっている親しい方々の一団である。大名衆、公家衆、町人茶人、入り混じっているが、師利休を取り巻いていらっしゃった方々と言える。

少し間を置いて、次に大徳寺の古渓さま、春屋さまが姿をお現わしになる。この時、一体二畳の茶室に何人お入りになるであろうかと思う。これまででも、少くとも二十数人の方々が、お入りになっている。こんな奇妙なことがあっていいだろうかと思っているうちに、宗及さま、宗久さまのお姿も見え、躙口から二畳の席にお入りになる。点前座も、次の間も、全部使うにしても、これだけのお人数は収めきれない。

若い頃、三井寺で、維摩詰の説教を聞くために、小さいお堂の中に何百、何千の人が入ったという話を聞いたことがあるが、それと同じことが今ここで起っているのである。師利休の最後の点前を見るために、これだけの方々が詰めかけて来、それがみな二畳の席に入ってしまうのである。

そんなことを思っているうちに、松永久秀、明智日向守、三好実休、瀬田掃部、石田治部といった武門の方々がお見えになる。既に戦場で果てている方も居れば、これからお果てになる方も居る。そういったところは入り乱れている。その武人の方々の一番最後の方に富田左近さまのお顔も見えている。かれこれ四、五十人の方々が小さい茶室に収まってしまったようである。

また雹の落ちている烈しい音が騒然と天地を包み始めている。師利休のお点前は、これから始まろうとしている。自分もまた何とかして拝見しなければならぬと思う。そうしている時、少し遅れて、山上宗二さまが一人で躙口から体をお抜きになろうとしている姿が眼に入ってくる。さすがに空席はないらしく、半身を席の中に入れたまま、こちらに顔をお向けになっているが、体全体に血を浴びて怖ろしい形相をしておられる。

何はともあれ、宗二さまだけはおとめしなくては、そう思って立ち上ろうとした時、ふいに夢から、その外に弾き出された。

眼が覚めると、すぐ床の上に起き上がる。夢が続いていれば、師利休の点前が始まっている時である。その点前を拝見するような気持で、寝衣の襟を合せ、床の上に端座している。

それにしても、ずいぶんたくさんの人たちがあの茶席に入ったものだと思う。あれだけの人たちを二畳の席にお入れになるだけの力を、師利休はお持ちになっていたのである。

何はともあれ、三十年前の師利休御自刃の場の夢を見たことが不思議であった。この一ヵ月程、有楽さまが師利休についてお話しになった、そのお言葉の意味を正面から考えたり、それを裏返してみたり、それからまた、師のお供をしたあの冷え枯れた淋しい道のことを考えたり、そのようなことをして毎日、毎夜を過ごしていたので、いまのような夢を見たのであろうかと思う。夢は五臓六腑の疲れというが、確かにこの冬を越すのが危ぶまれるほど、体全体が疲れていると思う。

暫くして厠に立つ。厠の小窓を開けてみると、白いものが舞っている。七ツ（午前四時）頃であろうか。まだ夜の帳りは深々と立ちこめている。

再び寝床の上に坐る。寒さはかなり厳しいが、身を横たえる気にはならない。師利休はあの最後の点前を終えると、今生に於ける御自分の最後のお仕事に入らなければならない。書院にお移りになり、そして三人の検使役の方々に御挨拶して、所定の場所にお坐りになるのであろう。

夢の時間を現実の時間にくり入れると、今頃、師は書院にお坐りになっていらっしゃるかと思う。師御自刃の時刻は迫りつつあるのである。

半刻ほど床の上に端座していて、それから立ち上がって、炉端のところへ行って、火を起す。そして冷えきった体を暖める。多少人心地がついた時、一体、夢で見たあの場所はどこであったろうかと思う。夢だから多少異っているところはあるが、大体に於て山崎の妙喜庵と見ていいようである。〝無ではなくならん、死ではなくなる〟と山上宗二さまがおっしゃったあの茶室で、本覚坊は、御自刃直前の師利休にお目にかかり、そしてお話を伺ったのである。師利休のお話には、本覚坊の理解できるところもあり、理解できないところもあるようである。しかし、師は、本覚坊がこのところ、日夜考えに考えているところに沿って、それを御自分の言葉で話して下さったようである。

あの冷え枯れた淋しい道の上に、師利休をまん中にして、山上宗二さまと古田織部さまが、前と背後を歩いていらっしゃる。そのことの意味を、師利休はおっしゃりたかったのではないかと思う。今になると、しきりにそのように思われてならない。宗二さまも、織部さまも、死を賜った時、師利休と同じように、茶人として、初めて何ものかをお持ちになり、そこで静かに茶をお点てになって、そこから脱け出すことはお考えにならなくなったのかも知れない。しかし、こうしたことは本覚坊などの立ち入ることのできない世界のようである。

——日録・終り——

本覚坊と思われる人物が綴った手記を「本覚坊遺文」と題して、私流の文章に改め、それに多少の考証的説明を加えて、以上紹介して来たが、この手記の筆者、本覚坊なる人物がいつ亡くなったかは、その遺文から窺うことは難しい。が、利休自刃の場の夢について記した元和八年二月七日以降、そう長く生存していたとは思われぬ。纏った日録的記述は夢のそれを最後にして、再び綴られることはなく、あとは覚え書程度の片々たるメモが、二、三枚の和紙に遺されているのを見るだけである。

ただ、その覚え書様のものの中に〝八月二日、茶碗、茶杓を使いに托して贈る〟という、ただそれだけの短い控えがある。八月二日というのは、何年の八月二日か判らないが、元和八年の八月二日とするのが自然ではないかと思われる。もしそうとすれば、日録の筆を折ってから、本覚坊はこの時まで、少くとも半歳は生きていたことになる。

茶碗、茶杓の贈り先きは判らないが、それを利休から拝領したものであるとすれば、贈り先きは侘数寄の再興者として、本覚坊がその将来に大きい期待をかけていた宗旦そのひとではないかと思われる。もちろん、これは筆者の勝手な推定である。茶碗は本覚坊が師利休から拝領した長次郎の黒茶碗であり、茶杓の方は、これも師利休から拝領したものであると思われるが、利休が削ったものであるかどうか、そのことを確めるすべはなさそうである。

内なる声の語り

解説
高橋英夫

I

人の世の抜きさしならぬ定めは、時間と共にそれが休みなく過ぎ去ってゆくということにある。時の流れを堰止めることはできず、人間もあたり一帯の情景も、時の中を遠ざかりつづけることを止めようとしない。すべては遠くなってゆく。存在は遠ざかるにつれて小さくなり、やがて芥子粒さながらとなって消えるだろう。消えるのもまた定めのうちである。しかし時間の中を遠ざかって行くというのに、小さくなるどころか次第に大きくなって来るものがあるのも、認めないわけにはゆかない。時が経つとは時間的容量が大になることだからなのか。それにもまして時間の質が重くなってゆくことだから、そうなるのだろうか。

井上靖（昭和58年頃）

千利休の弟子である三井寺の本覚坊は、およそ十年足らずのあいだ、師利休について茶の訓えをうけてきた。天正十九年、太閤秀吉によって利休がにわかに勘気を蒙り、堺に蟄居ののち切腹したとき、本覚坊は四十歳になっていた。その後、本覚坊は修学院在に隠棲の日々をおくったが、師への思いは止むときがなかった。それどころか時と共に思いはまさり、師の姿は遠ざかることによって大きくなっていった。

本覚坊は利休の死後およそ三十年のあいだ、折にふれて師への思いを胸に養い、茶道にかかわりのあるゆかりの人々と師のことを語らい、追懐しつづけた人物である。夢の中でも彼は師と出会っていた。利休没後三十年目にあたる元和七年の暮には、茶人織田有楽が世を去るのだが、それから半歳余りあと、元和八年八月二日と思われる日付をもつ覚え書を最後の生の証しとして、以後本覚坊は茫々とした歴史の闇の底に消えてゆく。およそこのように、本覚坊は利休なきあとの三十年を生きていた……。

井上靖はこの作品で、本覚坊という人物をそのように描き出している。これは、ひたむきな弟子を通じて利休の精神に目をむけ、作者にとっても時がたつにつれ、利休がいよいよ大きな存在になってきたということを物語るためにちがいない。しかしここで考え合わせなければならないのは、本覚坊は文書、記録に名をとどめた実在の人物であるものの、「本覚坊遺文」という手記は実在せず、作者の創作であるということである。

井上靖はずいぶん以前から利休という人物にふかい関心を寄せていた。昭和二十六年には『利休の死』という短篇が書かれている。仮にそこからかぞえてみても、昭和五十六年に「群像」に連載されたこの『本覚坊遺文』までには三十年という長い時間がある。この三十年は、本覚坊が師の死後、さらに元和八年まで生きた三十年とひとしい。物理的な長さにおいてひとしいというだけではなく、何度でも利休が心によみがえってきて、そのたびに利休の存在が大きくなっていったという意味においてほとんど同じである。

作者が利休の謎につよくひきつけられ、何とかしてこの人物に迫り、謎を明らかにせずにはいられない内的衝迫を感じたとき、いかなる方法でそれを表現するかが容易ならぬ問題であっただろうと想像される。利休や秀吉を直接法で描き出す歴史小説の叙述スタイルもとれなかったわけではあるまい。歴史小説の登場人物としては、秀吉も利休もそれぞれにスケールが大きいから、資格において何も不足するものはなかった筈だ。しかし作者はその行き方を採らなかった。それに代って、秀吉をほとんど背景の中に押しこめ、利休その人も本覚坊という弟子の眼で見られ、弟子の記憶の中によみがえってくる姿においてのみ捉えるという方法が採用された。

これは利休に関する史実よりも、茶道を通じて日本人の精神性を追求、表現しようとした利休の精神の方が、同時代人にも後世の人々にも、いかに大きな意味をもつものであったかということを、井上靖が常に考えてきたからだと思われる。歴史小説の形では表わされず、捉えられない利休を表現しなければならない、ということだったに違いない。

この作品発表後、『本覚坊あれこれ』『「本覚坊遺文」ノート』という文章が書かれているが、それによると、天正十六年九月四日の茶会――これはこの作品の第一章でくわしく述べられている――と、天正十八年九月二十三日朝の茶会の二回、本覚坊の名前が茶会記にのこされているという。

また別に、本覚坊に宛てた利休自筆の書状が一通、大徳寺の僧春屋宗園の本覚坊宛てのものが二通あるという。しかし利休死後、いかなる場所にも本覚坊の名は記録されていない。結局これは、完全に利休のかげの中に入ってしまった人物であった。こういう条件を負った人物が、作者の利休との長い「交わり」のうちに、利休に対して向けられる眼の役割を帯び、視点人物となって浮び上ってきた所に、大きな興味が湧いてくる。

実在してはいたが、本覚坊は利休をめぐる重大な事件には少しもかかわっていなかった。それでいて、天正十八年九月二十三日朝の茶会では、亭主が利休、客が本覚坊という「一亭一客」の関係さえ成立していた。その二人だけの席で、いかなる会話と心の交流があったかは不明なのだが、内的な結びつきが二人のあいだにはあっただろうと想像しても、利休の精神を損なうとは思われない。こう考えてゆくと、本覚坊は歴史にあらわれた利休にはかかわりがなく、専ら利休の心の内側にかかわっていた人間として見えてくるだろう。

作者は本覚坊という人間の人物像を作家の眼で見さだめてゆくうちに、そのいとなみがそのまま利休の内面を見さだめることに重なってゆくのを感じたものと思われる。おそらく作者は本覚坊を見出すことが利休を見出し、その謎にせめて一閃の光を投げかけることだ、と覚ったにちがいない。そうである以上、この作品は歴史に依拠しながらも歴史を超越した内面性の小説として書かれることは必然であった。井上靖のかずかずの作品の中でも、これは内面化の極点に達したものということができる。

内面化の道にとって避けられないことだが、利休死後の三十年間、本覚坊の歩みは生のきびしさに押しつけられ、人生の底でたえず死の気配を感じとっていなければならなかった。その三十年は死へ向っての歩みであり、死と共にした歩みであった。というのは利休の他界から始ったこの作品では、それぞれの章で一人ずつ登場してくる人物が、利休の精神への追懐を通じて本覚坊と生の軌跡を交わらせた後、次々と老いて世を去ってゆくからである。

第一章では紅葉の美しい真如堂で、八十三歳の東陽坊が本覚坊と出会い、昔語りに耽る。二人が利休のほかに、やはり故人となった古渓和尚を思い出して話していると、東陽坊は「——乱世の茶も終った！」と感慨を洩らす。利休時代の、茶室に入って茶を頂き、出るとその足で戦場に向かい、討死にして果てるというようなことはすでになくなり、今や古田織部の時代になっていた。この東陽坊の感慨が、流れすぎる時間そのものを見送っての感慨とするなら、それに共感しながら席を共にしている本覚坊の方は、時間の中を去ってゆく利休が、去れば去るほどにくっきりと見えてくるのに心をゆるがされている。
それは、東陽坊との語らいを中断する形で、本覚坊が夢にみた「冷《ひ》え枯れた磧《かわら》の道」を歩む利休の姿が描かれている所から明らかだろう。そして夢の中の利休が歩んでいるその道が「魂の冷え上がる淋しい」冥界の道であるのにいわば並行して、またはそれを後から追ってゆく形で、老いた東陽坊もしばしの後にはそこを歩み始めなければならないのである。情景のすみずみまでも、死の冷気が、ちょうど紙幅一面に水を刷毛で引いたように行き亘《わた》っている。

第二章は第一章から六年たった慶長八年、本覚坊の日記の体裁をとっているが、ここでは茶道の奥儀書『山上宗二記《やまのうえそうじき》』を本覚坊に貸与するために、岡野江雪斎が登場する。山上宗二は利休の一の弟子であり、秀吉に茶頭として仕えていたが、小田原の役のとき秀吉の勘気にふれ、そのため耳と鼻を殺《そ》がれて悲惨な死をとげた人物である。

宗二の死は利休の場合と似て、どこか不可解であり、第一章から第二章へ進むにつれて、この作品の基調としての「死」はますますその輪廓の色を濃くしてゆく。江雪斎は宗二の死を本覚坊に媒介しているのである。こうして江雪斎の去ったあとの夜、眠られぬ暗闇の中で本覚坊は利休の山崎の妙喜庵の情景を現前させることになる。――そのとき次の間に控えて、茶室から声のかかるのをじっと待っていた本覚坊は、挑むように烈しい口調でにわかに聞えてきた声に驚かされた。

——〝無〟と書いた軸を掛けても、何もなくなりません。〝死〟と書いた軸の場合は、何もかもなくなる。〝無〟ではなくならん。〝死〟ではなくなる！

こう語ったのは利休の声だったのか、山上宗二の声だったのか、それともそこに居合わせたもう一人の客の声であったのか、それは分らない。しかし作者がこの言葉によって、利休の茶道の悲劇的完成としての「死」は、伝統的東洋思想の「無」さえも超えていた、と示唆しているのは明らかだろう。そこには利休の内面における異常なまでの烈しさが感じられる。利休の茶は単なる美や風雅のわざではなく、死を獲得するために人間と人間がいのちを突きつけあう儀式であったのだ。

以上のような洞察をわれわれ読者は、この長篇『本覚坊遺文』から受けとった、こういえるように思う。その洞察を胸にかかえて、読者は三章からあと、古田織部が登場してやがて死に——その死もまた利休、宗二のように、政治権力者徳川家康によって内通の嫌疑をかけられた上での悲劇的な自刃であった——、さらに織田有楽があらわれて死んでゆくという「死」の連鎖の形を読みとりつづける。しかしどの死も、本覚坊という透明な眼の奥に、夢のような、幻覚のような、胸中の孤独なもの思いのような内的空間を押し拡げているところにまで、われわれの眼は届かなければならないだろう。

ある意味で、この作品は夢の小説であり、幻想小説である。また内なる声の語りの小説であり、死生観の小説である。歴史小説という下地のうえに、それらの特質がいっせいに内面性、精神性の天極をめざして伸び出してきている。天極がどこにあり、そこに達したときあたりに何が見えるのかも分らない。しかし天極は存在するのである。

この感じは、利休を最大の存在として、その周辺に生を享《う》けた山上宗二、古田織部らまでが同じような理不尽な死に方をし、死の不可解さをつよく印象づけているのと対応している。一見してすぐに分るものとか、くまなく開かれた明るく平静な情景とかは、見えたままを写し取っただけでも人に伝えることができる。しかしこの世には、一目瞭然とはいかないものも少なからず存在しているのだ。

そのうちの最大が死の不可解性であるとすれば、死はただ写し取るわけにはいかない。夢、幻想、内観、思索は、その平たく写し取るわけにはゆかないものを人間がまず朧ろげに感じとり、次第にしかと摑みとってゆくための不可避な方法である。方法という以上に、夢、幻想、内観、思索を通じて死を見つめ、死を思い、死と交わり、死を生きるのである。

本覚坊にしてみれば、夢や幻想の中ではからずも利休と対面し、言葉を交したのは、彼

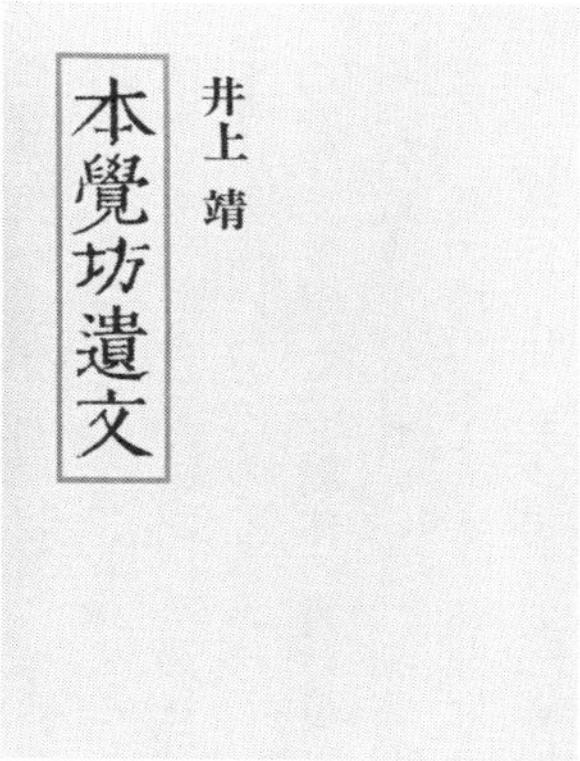

『本覚坊遺文』函
（昭56・11 講談社）

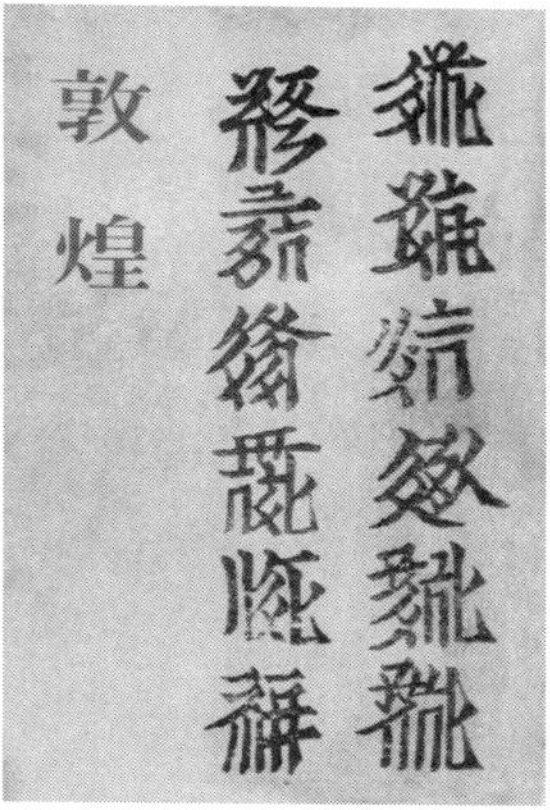

『敦煌』函
（昭34・11 講談社）

『おろしや国酔夢譚』函
（昭43・10 文藝春秋）

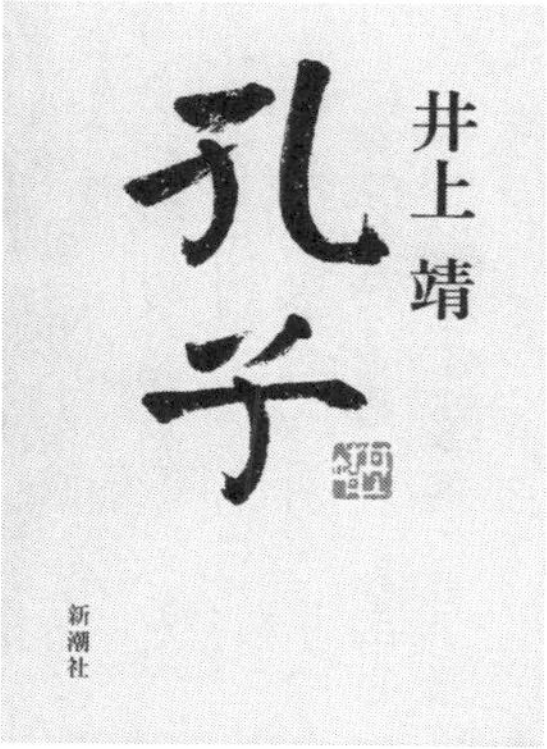

『孔子』函
（平元・9 新潮社）

の孤独が生み出した自問自答、つまり回顧と死に対するナルシズムでしかなかったのか。それともそれは、まことに利休と心において再会し、死に向って己れを開こうとする「死を生きる生」であったのか。その区別がほとんど意味をなさなくなっているまでに、作者は本覚坊を描いたといっていい。

この作品の中には、利休の言い遺した言葉や、利休の茶道に関して世に流布した言葉がいろいろ取り上げられている。利休の師匠である武野紹鷗の「連歌は枯れかじけて寒かれと言う。茶の湯の果てもかくありたき」という言葉や、矢部善七郎宛の利休の書状にみられる「侘数寄常住、茶之湯肝要」という言葉がそれである。これら圧縮された精髄的、神話的表現はさまざまな解釈が可能であり、人それぞれに自分がそこからつかみとったものを語ればいいのだが、これらについて本覚坊その他の作中人物の口を通じて井上靖が了解、会得したものが何であったかを確かめることにしよう。

「枯れかじけて寒かれ」とは浮華をことごとく棄て去った枯瘦を指示するもので、「侘数寄」と同一内容である。その寒さは、その反対の熱さが熱中陶酔であるのに比して、冷徹な覚醒を意味している。この了解は、第二章の江雪斎と本覚坊の語らいの中に出てくるものだが、井上靖は、晩年の利休の世界をこの「何事にも酔わぬ、醒めた心」を中心にもった世界として思い浮べている。死に関していうなら、この覚醒は死を恐れず、死に酔わず、死を見つめ、死と交わることによって成立し、維持されてゆくだろう。しかし一方

「侘数寄常住、茶之湯肝要」とのかかわりからいえば、常に「侘数寄」において生き、茶の湯こそが「肝要」であると信ずることが覚醒にあたる、ということになるのではないか。

「常住」とは言い換えれば持続する覚醒状態であり、永遠に「枯れかじけて寒」くあることなのである。このような了解が、利休晩年の人間像を、茶道の巨匠として神格化しているというよりは、神格化を削《そ》ぎおとしてきびしく苛烈にしていることは、改めて指摘するには及ぶまい。

それにしても死とは不思議なものである。死ねば死は分らないのであってみれば、人は死を心にもって生きることによってしか死を知りえないのだが、そこで起るさまざまな出来事、全く相反することがすべてひとしく死に帰してゆくとは、いかにも不思議に思われる。第四章の有楽と本覚坊の対話で、なぜ利休は太閤から死を賜ったのかが話題になっているが、そのとき有楽はこう言っている。

——何十回か何百回か知らぬが、太閤さまは利休どのの茶室に入る度に、死を賜っていたようなものだ。大刀は奪り上げられ、茶を飲まされ、茶碗に感心させられる。まあ、その度に殺されている。死を賜っている。太閤さまだって一生のうち一度ぐらいは、そうした相手に死を賜らせたくもなるだろう。そうではないか。

この言葉が描き出す情景は鮮烈である。それはいかにもリアルに思い浮べられるのだが、反面どこまでも作者の想像でもある。想像の限りをつくしているといってもよい。ふと気がついてみると、そこにはドラマティックなものがあるが、その反面心を凍りつかせるようなものも疑いもなく存在している。この不思議な二重性は何だろう。透明なこの冷気の中での覚醒は何を意味するのだろう。それはわれわれが「死」としか言い表すすべのないものであるに違いない。そういう対極的な特性をすべて受け容れて無限につらなっている筈の死というものがこのようにとらえられたことがあっただろうか、『本覚坊遺文』の巻を閉じて心に浮かんでくるのはそういう想念である。

本稿は、講談社文庫版『本覚坊遺文』(昭和五九年一一月)の為に書かれた解説を若干の加筆訂正の上、再録したものである。

年譜

井上靖

一九〇七年（明治四〇年）
五月六日、北海道石狩国上川郡旭川町第二区三条通一六番地二号の旭川第七師団官舎で二等軍医井上隼雄・やゑの長男に生まれる。井上家は伊豆湯ケ島で代々医を業としてきた家柄で、父隼雄は入婿。〇八年、満一歳のとき、父が第七師団第二七聯隊付で韓国に従軍したので、母と伊豆湯ケ島に移り、翌〇九年、父の転任に伴い静岡市に転居。

一九一〇年（明治四三年）　三歳
九月、妹の出産のために里帰りした母とともに湯ケ島に移り、亡曾祖父潔の妾でかのを祖母として入籍し土蔵に一人で暮らしていたかのに育てられる。その後、一時、父母とともに東京、静岡、豊橋で過ごすが、就学前にかののもとに戻る。

一九一四年（大正三年）　七歳
四月、湯ケ島尋常高等小学校に入学。

一九一五年（大正四年）　八歳
九月、曾祖母ひろ死去。この頃、湯ケ島小学校の代用教員となった母方の叔母まちを慕うが、一九年まち病死。

一九二〇年（大正九年）　一三歳
一月、祖母かの死去。二月、浜松の両親のもとに移り、浜松尋常高等小学校に転校。四月、浜松師範附属小学校高等科に入学。

一九二一年（大正一〇年）　一四歳
四月、静岡県立浜松中学校に首席で入学、級長になる。この年、父、満洲に出動。
一九二二年（大正一一年）　一五歳
三月、父が台湾衛戍病院長の内示を受けたので、三島町の叔母の婚家に寄宿、四月、県立沼津中学校（現・沼津東高校）に転校。
一九二四年（大正一三年）　一七歳
四月、他の家族全員が台湾の父のもとに移ったので、三島の親戚に預けられる。夏、台北の両親のもとに旅行。この頃、図画と国語の教師前田千寸、学友の藤井寿雄、岐部豪治らの影響で詩歌や小説に興味を持ちはじめる。
一九二五年（大正一四年）　一八歳
四月、沼津の妙覚寺に下宿。秋、学校の寄宿舎に入る。間もなく、ストーム騒ぎを起こし、首謀者の一人として近くの農家に預けられ、教師の監視下に置かれる。
一九二六年（大正一五年・昭和元年）　一九歳
二月、短歌「衣のしめり」九首を沼津中学校『学友会々報』に発表。三月、沼津中学校を卒業。山形、静岡の高等学校を受験したが、いずれも失敗。台北の家族のもとに行ったが、父の金沢衛戍病院長転任に伴って金沢に移り、高等学校の受験準備をする。
一九二七年（昭和二年）　二〇歳
四月、金沢の第四高等学校理科甲類に入学。柔道部に入る。この年、徴兵検査甲種合格。
一九二八年（昭和三年）　二一歳
五月、応召、静岡第三四聯隊に入るが、柔道で肋骨を折っていたので即日帰郷となる。七月、京都で行われた柔道インターハイに出場、準決勝まで進む。八月、京都に住む遠縁の足立文太郎を訪れ、長女ふみと初めて会う。この頃より詩作をはじめる。
一九二九年（昭和四年）　二二歳
この年より詩の発表盛ん。二月、富山県石動町の大村正次主宰の詩誌『日本海詩人』に井上泰の筆名で詩「冬の来る日」を発表。以後、三〇年末まで同誌に詩を発表。四月、柔道部の主将になるが、部の古い伝統と左翼学生運動の煽りを受けた急進派の間で苦労し、間もなく退部。五月、東京の福田正夫主宰の詩誌『焰』にも加わり、三三年五月頃まで同誌に詩を掲載。『高岡新報』『宣言』（内野健児主宰のプロレタリア系詩誌）『北冠』（宮崎健三主宰、一一月創刊）などでも活躍。

一九三〇年（昭和五年）二三歳
三月、四高卒業。九州帝国大学医学部を受験したが失敗。四月、同大法文学部英文科に入学、福岡に移ったが、間もなく大学に興味を失って上京、文学に傾倒。この年、父が弘前第八師団軍医部長になったので、夏と冬、弘前の家族のもとに滞在。九月より筆名井上泰を本名に改める。一〇月、九大を中退。一二月、弘前で白戸郁之助らと同人誌『文学ａｂｃ』を創刊。

一九三一年（昭和六年）二四歳
三月、父、軍医監（少将）で退職、金沢を経て伊豆湯ケ島に隠退。九月、満洲事変勃発。

一九三二年（昭和七年）二五歳
一月、雑誌『新青年』が平林初之輔の未完遺作探偵小説「謎の女」の続篇を募集、冬木荒之介の筆名で応募して入選、三月号に掲載される。以後、『探偵趣味』『サンデー毎日』等の懸賞小説に相次いで応募、当選。二月、静岡第三四聯隊に応召、半月で解除。四月、京都帝国大学文学部哲学科に入学するも、講義にはほとんど出ず。夏頃から詩風を変え、行分け詩から散文詩に移行。

一九三三年（昭和八年）二六歳
九月、『サンデー毎日』の「大衆文芸」に澤木信乃の筆名で応募した小説「三原山晴天」が選外佳作に入る。一一月、「三原山晴天」が大阪の劇団「享楽列車」（野淵昶主宰）により劇化され、道頓堀角座で上演される。

一九三四年（昭和九年）二七歳
三月、『サンデー毎日』の「大衆文芸」に同じく澤木信乃名で応募した「初恋物語」が入選、賞金三〇〇円を得る。四月、小説の才能を買われて大学在学中のまま東京の新興キネマ社脚本部に入り、京都と東京を往復。
一九三五年（昭和一〇年）二八歳
六月、初の戯曲「明治の月」を『新劇壇』創刊号に発表。八月、京大哲学科の友人高安敬義らと同人詩誌『聖餐』を創刊（全三号）、創刊号に詩七篇を載せる。一〇月、『サンデー毎日』の「大衆文芸」に本名で応募した探偵小説「紅荘の悪魔たち」が入選、賞金三〇〇円。「明治の月」が新橋演舞場で守田勘弥、森律子らによって上演される。一一月、湯ケ島出身で遠縁の京大名誉教授（解剖学）足立文太郎の長女ふみと結婚、京都市左京区吉田浄土寺に新居を構える。
一九三六年（昭和一一年）二九歳
三月、京大哲学科卒業。卒論は「ヴァレリーの『純粋詩論』」。口頭試問で九鬼周造の質問を受ける。この頃、野間宏と知り合う。七月、『サンデー毎日』の「長篇大衆文芸」に応募した「流転」が時代物第一席に選ばれて第一回千葉亀雄賞を受け、賞金一〇〇〇円を得る。八月、「流転」入選が機縁となって大阪毎日新聞社編集局に就職、学芸部サンデー毎日課に勤務。一〇月、長女幾世生まれる。西宮市香櫨園川添町に移る。
一九三七年（昭和一二年）三〇歳
六月、学芸部直属となる。九月、日中戦争に充員として応召。「流転」、松竹で映画化、主題歌（唄・上原敏）とともにヒット。名古屋第三師団野砲兵第三聯隊輜重兵中隊の一員として北支に渡るが、一一月、脚気にかかり、野戦病院に送られる。
一九三八年（昭和一三年）三一歳
一月、内地に送還され、三月、召集解除。四月、学芸部に復帰し、宗教欄、のちに美術欄を担当。大阪府茨木町下中条一七五に転居。一〇月、次女加代、生後六日で死亡。
一九四〇年（昭和一五年）　三三歳
安西冬衛、竹中郁、小野十三郎、伊東静雄、杉山平一らの詩人と交わる。九月、職制変更により文化部勤務となる。一二月、長男修一生まれる。
一九四三年（昭和一八年）　三六歳
一月、『大阪毎日新聞』が『東京日日新聞』を吸収合併、『毎日新聞』となる。四月、整理部の浦上五六との共著『現代先覚者伝』を浦井靖六の名で大阪の堀書店から刊行。一〇月、次男卓也生まれる。
一九四五年（昭和二〇年）　三八歳
一月、毎日新聞社参事になる。四月、社会部に移る。岳父足立文太郎死去。五月、三女佳子生まれる。六月、家族を鳥取県日野郡福栄村神福の農家の空家に疎開させ、大阪茨木から出社。八月一五日、終戦記事「玉音ラジオに拝して」を執筆。一一月、社会部より文化部に復帰。一二月、家族を妻の実家足立家に預ける。
一九四六年（昭和二一年）　三九歳
一月、大阪本社文化部副部長になる。詩作を再開。
一九四七年（昭和二二年）　四〇歳
小説「闘牛」を『人間』第一回新人小説募集に井上承也の筆名で応募、九月、当選作なしで、選外佳作に入る。四月、大阪本社論説委員を兼務。八月、家族を湯ケ島に移す。
一九四八年（昭和二三年）　四一歳
一月、小説「猟銃」を脱稿、『人間』第二回新人小説募集に応募したが、選に洩れる。二月、竹中郁らを助けて童詩・童話雑誌『きりん』を創刊、詩の選に当る。四月、東京本社出版局書籍部副部長になり、単身上京、葛飾区奥戸新町の妙法寺に投宿。

一九四九年（昭和二四年）　四二歳
一〇月、「猟銃」、一二月、「闘牛」を『文学界』に発表。品川区大井森前町に移り、湯ケ島から家族を呼び寄せる。

一九五〇年（昭和二五年）　四三歳
二月、「闘牛」により第二二回芥川賞を受賞。三月、東京本社出版局付となり、創作に専念。四月、短篇「漆胡樽」を『新潮』に発表。五月、初の新聞小説「その人の名は言えない」を『夕刊新大阪』（～九月）に、七月、長篇「黯い潮」を『文藝春秋』（～一〇月）に連載。八月、「井上靖詩抄」を『日本未来派』に発表。

一九五一年（昭和二六年）　四四歳
一月、長篇「白い牙」を『新潮』に連載（～五月）。五月、毎日新聞社を退社、社友となる。八月、「戦国無頼」を『サンデー毎日』に連載（～五二年三月）、「玉碗記」を『文藝春秋』に、一〇月、「ある偽作家の生涯」を『新潮』に発表。

一九五二年（昭和二七年）　四五歳
一月、「青衣の人」を『婦人画報』（～一二月）に、七月、「暗い平原」を『新潮』（～八月）に連載。

一九五三年（昭和二八年）　四六歳
一月、「あすなろ物語」を『オール讀物』（～六月）に、五月、「昨日と明日の間」を『週刊朝日』（～五四年一月）に連載。七月、「異域の人」を『群像』に発表。一〇月、「風林火山」を『小説新潮』（～五四年一二月）に連載。一二月、「グウドル氏の手套」を『別冊文藝春秋』に発表。品川区大井滝王子町四四八三に転居。

一九五四年（昭和二九年）　四七歳
三月、「あした来る人」を『朝日新聞』に連載（～一一月）、「信松尼記」を『群像』に、「僧行賀の涙」を『中央公論』に発表。

一九五五年（昭和三〇年）　四八歳

一月、「姨捨」を『文藝春秋』に発表。昭和二九年度下半期（第三二回）より芥川賞の銓衡委員になる（〜昭和五八年度下半期、第九〇回）。八月、「淀殿日記」（のち「淀どの日記」）を『別冊文藝春秋』（〜六〇年三月）に、「真田軍記」を『小説新潮』（〜一一月）に、九月、「満ちて来る潮」を『毎日新聞』（〜五六年五月）に連載。一〇月、書き下ろし長篇『黒い蝶』を新潮社より刊行。

一九五六年（昭和三一年）　四九歳

一月、長篇「射程」を『新潮』（〜一二月）に、一一月、「氷壁」を『朝日新聞』に連載（〜五七年八月）。

一九五七年（昭和三二年）　五〇歳

三月、「天平の甍」を『中央公論』に連載（〜八月）。一〇月、「海峡」を『週刊読売』に連載（〜五八年五月）。新聞連載中から話題になった『氷壁』が新潮社より刊行され、ベストセラーになる。月末より約一ヵ月間、初めて中国を旅行。一二月、世田谷区世田谷五ノ三三三二（現・世田谷区桜三ノ五ノ一〇）に転居。

一九五八年（昭和三三年）　五一歳

二月、『天平の甍』により芸術選奨文部大臣賞を受賞。三月、「満月」を『中央公論』に、五月、「幽鬼」を『世界』に、七月、「楼蘭」を『文藝春秋』に、一〇月、「平蜘蛛の釜」を『群像』に発表。

一九五九年（昭和三四年）　五二歳

一月、「敦煌」を『群像』に連載（〜五月）。二月、『氷壁』その他により日本芸術院賞を受賞。五月、父隼雄を喪う。七月、「洪水」を『聲』に発表。一〇月、「蒼き狼」を『文藝春秋』（〜六〇年七月）に、「渦」を『朝日新聞』（〜六〇年八月）に連載。

一九六〇年（昭和三五年）　五三歳

一月、「しろばんば」を『主婦の友』に連載（〜六二年一二月）。『敦煌』『楼蘭』により毎日芸術大賞を受賞。七月、毎日新聞社よりローマ・オリンピックに特派され、欧米各地を回って一一月末に帰国。

一九六一年（昭和三六年）　五四歳
一月、『蒼き狼』をめぐって大岡昇平との間に論争が起こる。「崖」を『東京新聞』夕刊他に連載（～六二年七月）。三月より七六年二月まで『風景』に詩を発表。六月末より約半月間訪中。一〇月、「憂愁平野」を『週刊朝日』に連載（～六二年一一月）。一二月、『淀どの日記』により野間文芸賞受賞。

一九六二年（昭和三七年）　五五歳
七月、「城砦」を『毎日新聞』に連載（～六三年六月）。

一九六三年（昭和三八年）　五六歳
二月、「楊貴妃伝」を『婦人公論』に連載（～六五年五月）、「明妃曲」を『オール讀物』に発表。四月、「風濤」取材のため約一週間韓国へ旅行。六月、「宦者中行説」を『文藝』に発表。八月、「風濤」を『群像』に連載（八、一〇月）。九月末より約一ヵ月間訪中。

一九六四年（昭和三九年）　五七歳
一月、日本芸術院会員となる。二月、『風濤』により読売文学賞を受賞。五月、「わだつみ」取材のため二ヵ月間アメリカに旅行。六月、「花の下にて」（のち「花の下」）を『群像』に発表。九月、「夏草冬濤」を『産経新聞』（～六五年九月）に、一〇月、「後白河院」を『展望』（～六五年一一月）に連載。

一九六五年（昭和四〇年）　五八歳
五月、約一ヵ月間ソ連領中央アジアに旅行。一一月、「化石」を『朝日新聞』に連載（～六六年一二月）。

一九六六年（昭和四一年）　五九歳
一月、「おろしや国酔夢譚」を『文藝春秋』（～六八年五月）に、「わだつみ（第一部）」を『世界』（～六八年一月中断）に、「西域の旅」を『太陽』（～九月）にそれぞれ連載。

一九六七年（昭和四二年）　六〇歳
六月、「夜の声」を『毎日新聞』夕刊に連載（～一一月）。夏、ハワイ大学夏期セミナー講師に招かれて旅行。

一九六八年（昭和四三年）　六一歳
一月、「額田女王」を『サンデー毎日』に連載（～六九年三月）。五月、「おろしや国酔夢譚」取材のため約一ヵ月半ソ連旅行。一〇月、「西域物語」を『朝日新聞』日曜版（～六九年三月）に、一二月、「北の海」を『東京新聞』他（～六九年一一月）に連載。

一九六九年（昭和四四年）　六二歳
一月、「わだつみ（第二部）」を『世界』（～七一年二月中断）に、「西域紀行」を『太陽』（～六月）に連載。四月、日本文芸家協会理事長に就任（～七二年五月）。『おろしや国酔夢譚』により日本文学大賞を受賞。七月、「聖者」を『海』に、八月、「月の光」を『群像』に発表。

一九七〇年（昭和四五年）　六三歳
一月、「欅の木」を『日本経済新聞』（～八月）に、九月、「四角な船」を『読売新聞』（～七一年五月）に連載。

一九七一年（昭和四六年）　六四歳
一月、美術紀行「美しきものとの出会い」を『文藝春秋』に連載（～七二年七月）。三月、「わだつみ」取材のため約二週間渡米。五月、「星と祭」を『朝日新聞』に連載（～七二年四月）。九月から一〇月にかけてアフガニスタン他に、一一月、韓国に旅行。

一九七二年（昭和四七年）　六五歳
九月、「幼き日のこと」を『毎日新聞』夕刊に連載（～七三年一月）。毎日新聞社主催「井上靖文学展」が池袋西武百貨店で開かれる。一〇月、「わだつみ（第三部）」を『世界』に連載（～七五年一二月中断）。新潮社版『井上靖小説全集』全三二巻刊行開始（～七五年五月）。

一九七三年（昭和四八年）　六六歳
五月、アフガニスタン、イラン他へ約一ヵ月間旅行。一一月、母やゑ死去。沼津駿河平に井上文学館開く。
一九七四年（昭和四九年）　六七歳
一月、紀行「アレキサンダーの道」を『文藝春秋』（〜七五年六月）に、五月、「雪の面」を『群像』に発表。随筆「一期一会」を『毎日新聞』日曜版（〜七五年一月）に連載。九月末より約二週間訪中。
一九七五年（昭和五〇年）　六八歳
五月、訪中作家代表団の団長として約二〇日間中国を旅行。
一九七六年（昭和五一年）　六九歳
二月、約一週間渡欧。六月、約一〇日間韓国旅行。一一月、文化勲章受章。約二週間訪中。
一九七七年（昭和五二年）　七〇歳
三月、約一〇日間、エジプト、イラク他を巡る。八月、約二〇日間訪中、新疆ウイグル自治区を歩く。一一月、「流沙」を『毎日新聞』に連載（〜七九年四月）。
一九七八年（昭和五三年）　七一歳
一月、「私の西域紀行」を『文藝春秋』に連載（〜七九年六月）。五月から六月にかけて訪中、初めて敦煌を訪れる。一〇月、約三週間、アフガニスタン、パキスタンを旅行。
一九七九年（昭和五四年）　七二歳
三月、毎日新聞社主催「敦煌—壁画芸術と井上靖の詩情展」が大丸東京店その他で開かれる。夏から秋にかけて映画『天平の甍』撮影班、NHKシルクロード取材班などとともに中国、西域各地を数度旅行。
一九八〇年（昭和五五年）　七三歳
三月、平山郁夫とインドネシアのボロブドール遺跡を見学。四月末より約一ヵ月間、NHKシルクロード取材班と西域各地を回る。六月、日中文化交流協会会長になる。八月、訪中。一〇月、NHKシルクロード取材班とともに菊池寛賞を受賞。
一九八一年（昭和五六年）　七四歳
一月、「本覚坊遺文」を『群像』に連載（～八月）。四月、エッセイ「河岸に立ちて」を『太陽』に連載（～八五年六月）。五月、日本ペンクラブ会長に就任（～八五年六月）。八月、家族と渡欧。九月末、「孔子」取材のため夫人同伴で中国旅行。一〇月、日本近代文学館名誉館長に就任。
一九八二年（昭和五七年）　七五歳
一月より毎月『すばる』に詩を発表しはじめる（～九一年三月）。五月、『本覚坊遺文』により日本文学大賞を受賞。九月、パリで開かれた日仏文化会議に出席。同月末、一一月末、一二月末から新年にかけて、三度中国に旅行。
一九八三年（昭和五八年）　七六歳
六月（二度）と一二月に訪中。
一九八四年（昭和五九年）　七七歳
一月～五月、毎日新聞社主催「美しきものとの出会い　井上靖　忘れ得ぬ芸術家たち」展が横浜高島屋その他で開かれる。五月、国際ペン東京大会を運営委員長として主宰。一一月、訪中。
一九八五年（昭和六〇年）　七八歳
一月、朝日賞受賞。六月、『おろしや国酔夢譚』テレビ撮影班と夫人同伴で訪ソ。一〇月、訪中。
一九八六年（昭和六一年）　七九歳
四月、訪中、北京大学名誉博士の称号を受ける。九月、食道癌のため国立がんセンターに入院、手術を受ける。
一九八七年（昭和六二年）　八〇歳
五月、夫人同伴で渡仏。六月、最後の長篇「孔子」を『新潮』に連載（～八九年五月）。一〇月、訪中。
一九八八年（昭和六三年）　八一歳
五月、「孔子」取材のため一〇日間、中国に二七回目、最後の旅行。
一九八九年（昭和六四年・平成元年）八二歳
一二月、『孔子』により野間文芸賞を受賞。
一九九一年（平成三年）
一月二九日、国立がんセンターで死去。二月二〇日、青山斎場で葬儀。戒名　峯雲院文華法徳日靖居士。

一九九二年（平成四年）〜
三月、井上靖記念文化財団設立。九月から九三年二月まで毎日新聞社・日本近代文学館主催の「井上靖展」が全国各地で開かれる。九四年一月、井上靖記念文化財団による井上靖文化賞発足。九五年四月、新潮社版『井上靖全集』全二八巻別巻一の刊行が始まる（〜二〇〇〇年四月）。九八年一二月、岩波書店版『井上靖短篇集』全六巻刊行開始（〜九九年五月）。二〇〇〇年四月〜六月、世田谷文学館で「井上靖展」が開かれる。二〇〇三年一〇月〜一一月、神奈川近代文学館で「井上靖展」が開かれる。二〇〇七年、生誕一〇〇年を記念する催しが各地で行なわれる。『風林火山』がNHKで大河ドラマ化。二〇〇八年一〇月、ふみ夫人死去。九八歳。

（曾根博義・編）

著書目録

井上靖

【単行本】

〈詩集〉

北国　昭33・3　東京創元社
地中海　昭37・12　新潮社
運河　昭42・6　筑摩書房
季節　昭46・11　講談社
遠征路　昭51・10　集英社
井上靖全詩集　昭54・12　新潮社
乾河道　昭59・3　集英社
傍観者　昭63・6　集英社
春を呼ぶな　平1・11　福田正夫詩の会
星闌干　平2・10　集英社

〈短篇集〉

闘牛　昭25・3　文藝春秋新社
死と恋と波と　昭25・12　養徳社
雷雨　昭25・12　新潮社
傍観者　昭26・12　新潮社
ある偽作家の生涯　昭26・12　創元社
春の嵐　昭27・5　創元社
黄色い鞄　昭27・10　小説朝日社
仔犬と香水瓶　昭27・10　文藝春秋新社
暗い平原　昭28・6　筑摩書房
異域の人　昭29・3　講談社
風わたる　昭29・9　現代社
青い照明　昭29・10　山田書店

伊那の白梅　昭29・11　光文社
美也と六人の恋人　昭30・3　光文社
騎手　昭30・10　筑摩書房
その日そんな時刻　昭31・2　東方社
野を分ける風　昭31・4　創芸社
姨捨　昭31・6　新潮社
孤猿　昭31・12　河出書房
真田軍記　昭32・2　新潮社
少年　昭32・12　角川書店
青いボート　昭33・5　光文社
満月　昭33・9　筑摩書房
楼蘭　昭34・5　講談社
洪水　昭37・4　新潮社
凍れる樹　昭39・11　講談社
羅刹女国　昭40・1　文藝春秋新社
月の光　昭44・10　講談社
崑崙の玉　昭45・6　文藝春秋
ローマの宿　昭45・9　新潮社
土の絵　昭47・11　集英社
火の燃える海　昭48・3　集英社
あかね雲　昭48・11　新潮社
桃李記　昭49・9　新潮社
わが母の記　昭50・3　講談社
石濤　平3・6　新潮社

〈長篇小説〉（童話を含む）

流転　昭23・10　有文堂
黯い潮　昭25・10　文藝春秋新社
その人の名は言えない　昭25・10　新潮社
白い牙　昭26・6　新潮社
戦国無頼　昭27・4　毎日新聞社
春の嵐　昭27・5　創元社
緑の仲間　昭27・10　毎日新聞社
青衣の人　昭27・12　新潮社
座席は一つあいている＊　昭28・7　読売新聞社
風と雲と砦　昭28・11　新潮社
花と波濤　昭29・1　講談社
昨日と明日の間　昭29・4　朝日新聞社

あすなろ物語	昭29・4	新潮社
霧の道	昭29・9	雲井書店
春の海図	昭29・11	現代社
星よまたたけ	昭29・12	同和春秋社
オリーブ地帯	昭29・12	講談社
あした来る人	昭30・2	朝日新聞社
黒い蝶	昭30・10	新潮社
夢見る沼	昭30・12	講談社
風林火山	昭30・12	新潮社
魔の季節	昭31・4	毎日新聞社
満ちて来る潮	昭31・6	新潮社
白い炎	昭32・3	新潮社
白い風赤い雲	昭32・4	角川書店
こんどは俺の番だ	昭32・4	文藝春秋新社
射程	昭32・5	新潮社
氷壁	昭32・10	新潮社
天平の甍	昭32・12	中央公論社
海峡	昭33・9	角川書店
揺れる耳飾り	昭33・12	講談社
ある落日	昭34・5	角川書店
波濤	昭34・8	講談社
朱い門	昭34・10	文藝春秋新社
敦煌	昭34・11	講談社
河口	昭35・8	中央公論社
蒼き狼	昭35・10	文藝春秋新社
渦	昭35・12	新潮社
群舞	昭36・6	毎日新聞社
淀どの日記	昭36・10	文藝春秋新社
しろばんば 正続	昭37・10、38・11	中央公論社
憂愁平野	昭38・1	新潮社
風濤	昭38・10	講談社
城砦	昭39・5	毎日新聞社
楊貴妃伝	昭40・8	中央公論社
燭台	昭40・9	講談社
夏草冬濤	昭41・6	新潮社
傾ける海	昭41・11	文藝春秋
化石	昭42・6	講談社
夜の声	昭43・8	新潮社
おろしや国酔夢譚	昭43・10	文藝春秋

西域物語　昭44・11　朝日新聞社
額田女王　昭44・12　毎日新聞社
欅の木　昭46・7　集英社
後白河院　昭47・6　筑摩書房
四角な船　昭47・7　新潮社
星と祭　昭47・10　朝日新聞社
幼き日のこと　昭48・6　毎日新聞社
北の海　昭50・11　中央公論社
花壇　昭51・10　角川書店
崖　上下　昭51・11　文藝春秋
紅花　昭52・1　文藝春秋
地図にない島　昭52・2　文藝春秋
戦国城砦群　昭52・3　文藝春秋
盛装　上下　昭52・4　文藝春秋
兵鼓　昭52・5　文藝春秋
若き怒濤　昭52・6　文藝春秋
月光・遠い海　昭52・7　文藝春秋
わだつみ　第一～三部　昭52・12　岩波書店
流沙　上下　昭55・6　毎日新聞社
銀のはしご　昭55・12　小学館
本覚坊遺文　昭56・11　講談社
異国の星　上下　昭59・9、10　講談社
孔子　平1・9　新潮社

〈エッセイ集〉

現代先覚者伝＊　昭18・4　堀書店
西域　人物と歴史＊　昭38・4　筑摩書房
異国の旅　昭39・12　毎日新聞社
天城の雲　昭43・12　大和書房
愛と人生　わが人生観9　昭44・12　大和書房
歴史小説の周囲　昭48・1　講談社
六人の作家　昭48・4　河出書房新社
美しきものとの出会い　昭48・6　文藝春秋
カルロス四世の家族　昭49・10　中央公論社
沙漠の旅・草原の旅　昭49・12　毎日新聞社
わが一期一会　昭50・10　毎日新聞社
アレキサンダーの道＊　昭51・4　文藝春秋

四季の雁書＊　昭52・4　潮出版社
過ぎ去りし日日　昭52・6　日本経済新聞社
遺跡の旅・シルクロード　昭52・9　新潮社
歴史の光と影　昭54・4　講談社
故里の鏡　昭54・5　風書房
私の中の風景　昭54・7　日本書籍
きれい寂び　現代の随想　昭55・11　集英社
ゴッホの星月夜　昭55・11　中央公論社
作家点描　昭56・2　講談社
クシャーン王朝の跡を訪ねて　昭57・1　潮出版社
西行　昭57・7　学習研究社
忘れ得ぬ芸術家たち　昭58・8　新潮社
私の西域紀行　上下　昭58・10　文藝春秋
美の遍歴　昭59・7　毎日新聞社
河岸に立ちて　昭61・2　平凡社
レンブラントの自画像　昭61・10　中央公論社

〈談話集〉
わが文学の軌跡　昭52・4　中央公論社
西域をゆく＊　昭53・8　潮出版社
歴史の旅　昭55・9　創林社
歴史・文学・人生　昭57・12　牧羊社

【全集・作品集】
井上靖作品集　全5巻　昭29・4〜8　講談社
井上靖長篇小説選集　全8巻　昭32・4〜12　三笠書房
井上靖文庫　全26巻　昭35・11〜38・6　新潮社
井上靖小説全集　全32巻　昭47・10〜50・5　新潮社
井上靖歴史小説集　全11巻　昭56・6〜57・4　岩波書店

井上靖エッセイ全集 全10巻 昭58・6〜59・3 学習研究社
井上靖自伝的小説集 全5巻 昭60・3〜7 学習研究社
井上靖歴史紀行文集 全4巻 平4・1〜4 岩波書店
井上靖全集 全28巻・別巻1 平7・4〜12・4 新潮社
井上靖短篇集 全6巻 平10・12〜11・5 岩波書店

【文庫】

猟銃・闘牛（解＝河盛好蔵） 昭25 新潮文庫
黯い潮（解＝浦松佐美太郎） 昭27 角川文庫
戦国無頼 前・中・後篇 昭28〜29 春陽文庫
白い牙（解＝高橋義孝） 昭30 角川文庫
戦国無頼 上下（解＝小松伸六） 昭30 角川文庫
貧血と花と爆弾（解＝十返肇） 昭31 角川文庫
青衣の人（解＝亀井勝一郎） 昭31 角川文庫
ある偽作家の生涯（解＝神西清） 昭31 新潮文庫
楼門（解＝小松伸六） 昭31 角川文庫
あした来る人 上下（解＝山本健吉） 昭32 新潮文庫
霧の道（解＝沢野久雄） 昭32 角川文庫
異域の人（解＝山本健吉） 昭32 角川文庫
春の海図（解＝福田宏年） 昭33 角川文庫
真田軍記（解＝小松伸六） 昭33 角川文庫
黒い蝶（解＝十返肇） 昭33 新潮文庫
あすなろ物語（解＝亀井勝一郎） 昭33 新潮文庫
風林火山（解＝吉田健一） 昭33 新潮文庫
春の嵐・通夜の客（解＝小松伸六） 昭34 角川文庫
愛（解＝野村尚吾） 昭34 角川文庫

満ちて来る潮（解＝瓜生卓造）　昭34　角川文庫
孤猿（解＝進藤純孝）　昭34　角川文庫
満月（解＝佐伯彰一）　昭34　角川文庫
風と雲と砦（解＝杉森久英）　昭35　角川文庫
ある落日　上下（解＝河盛好蔵）　昭35　角川文庫
北国（解＝村野四郎）　昭35　新潮文庫
海峡（解＝山本健吉）　昭36　角川文庫
あした来る人（解＝山本健吉）　昭36　新潮文庫
白い風赤い雲（解＝福田宏年）　昭36　角川文庫
波濤（解＝進藤純孝）　昭37　角川文庫
天平の甍（解＝高田瑞穂）　昭38　学燈文庫
射程（解＝山本健吉）　昭38　新潮文庫
河口（解＝福田宏年）　昭38　角川文庫
氷壁（解＝佐伯彰一）　昭38　新潮文庫
天平の甍（解＝山本健吉）　昭39　新潮文庫
淀どの日記（解＝篠田一士）　昭39　角川文庫
蒼き狼（解＝亀井勝一郎）　昭39　新潮文庫
しろばんば（解＝臼井吉見）　昭40　新潮文庫
敦煌（解＝河上徹太郎）　昭40　新潮文庫
渦（解＝山本健吉）　昭40　角川文庫
憂愁平野（解＝進藤純孝）　昭40　新潮文庫
昨日と明日の間（解＝野村尚吾）　昭41　角川文庫
あすなろ物語（解＝福田宏年、平山信義、角田明）　昭41　旺文社文庫
城砦（解＝福田宏年）　昭41　角川文庫
風濤（解＝篠田一士）　昭42　新潮文庫
姨捨（解＝福田宏年）　昭42　新潮文庫
楼蘭（解＝山本健吉）　昭43　新潮文庫
傾ける海（解＝進藤純孝）　昭43　角川文庫
群舞（解＝進藤純孝）　昭43　角川文庫
天平の甍（解＝山本健吉、河上徹太郎、杉森久英）　昭43　旺文社文庫
しろばんば（解＝小松伸六、福田宏年、巌谷大四）　昭44　旺文社文庫

化石（解＝福田宏年） 昭44 角川文庫
夏草冬濤（解＝小松伸六） 昭45 新潮文庫
天平の甍（解＝中山渡） 昭45 正進社名作文庫
蒼き狼（解＝奥野健男、野村尚吾、岩村忍） 昭45 旺文社文庫
孤猿・小磐梯（解＝佐伯彰一、菊村到、竹中郁） 昭46 旺文社文庫
月の光（解＝中村光夫） 昭46 講談社文庫
洪水・異域の人（解＝高橋英夫、大原富枝、源氏鶏太） 昭46 旺文社文庫
楊貴妃伝（解＝石田幹之助） 昭47 講談社文庫
額田女王（解＝山本健吉） 昭47 新潮文庫
楼門（解＝山本健吉） 昭47 潮文庫
暗い平原（解＝奥野健男） 昭48 中公文庫
傍観者（解＝尾崎秀樹） 昭48 潮文庫
伊那の白梅（解＝尾崎秀樹） 昭48 潮文庫
山の少女・北国の春（解＝高野斗志美） 昭49 潮文庫
おろしや国酔夢譚（解＝江藤淳） 昭49 文春文庫
真田軍記（解＝杉本春生） 昭49 旺文社文庫
崑崙の玉（解＝佐伯彰一） 昭49 文春文庫
天目山の雲（解＝山本健吉） 昭50 角川文庫
その人の名は言えない（解＝小松伸六） 昭50 文春文庫
星と祭（解＝角川源義） 昭50 角川文庫
欅の木（解＝奥野健男） 昭50 文春文庫
満月（解＝奥野健男） 昭50 角川文庫
滝へ降りる道（解＝長谷川泉） 昭50 旺文社文庫
後白河院（解＝磯田光一） 昭50 新潮文庫
花のある岩場（解＝奥野健男） 昭51 角川文庫
緑の仲間（解＝福田宏年） 昭51 文春文庫
こんどは俺の番だ 昭51 文春文庫

(解＝福田宏年)
幼き日のこと・青春放浪　昭51　新潮文庫
(解＝福田宏年)
西域物語(解＝江上波夫)　昭52　新潮文庫
揺れる耳飾り　昭52　文春文庫
(解＝福田宏年)
わが母の記　昭52　講談社文庫
(解＝中村光夫)
白い牙(解＝福田宏年)　昭52　集英社文庫
冬の月(解＝福田宏年)　昭52　集英社文庫
魔の季節(解＝福田宏年)　昭52　文春文庫
四角な船(解＝福田宏年)　昭52　新潮文庫
青葉の旅(解＝奥野健男)　昭52　集英社文庫
花と波濤(解＝福田宏年)　昭53　講談社文庫
燭台(解＝福田宏年)　昭53　文春文庫
オリーブ地帯　昭53　文春文庫
(解＝福田宏年)
火の燃える海　昭53　集英社文庫
(解＝進藤純孝)
夢見る沼(解＝進藤純孝)　昭53　講談社文庫
白い炎(解＝福田宏年)　昭53　文春文庫
少年・あかね雲　昭53　新潮文庫
(解＝北杜夫)
三ノ宮炎上　昭53　集英社文庫
(解＝尾崎秀樹)
崖　上下(解＝福田宏年)　昭54　文春文庫
夏花(解＝山本健吉)　昭54　集英社文庫
黯い潮・霧の道　昭54　文春文庫
(解＝福田宏年)
楼門(解＝福田宏年)　昭54　集英社文庫
貧血と花と爆弾　昭54　文春文庫
(解＝福田宏年)
断崖(解＝福田宏年)　昭54　文春文庫
夜の声(解＝佐伯彰一)　昭55　新潮文庫
紅花(解＝福田宏年)　昭55　文春文庫
花壇(解＝小松伸六)　昭55　角川文庫
地図にない島　昭55　文春文庫
(解＝福田宏年)
北の海(解＝山本健吉)　昭55　新潮文庫
北の海(解＝小松伸六)　昭55　中公文庫

盛装　上下（解＝福田宏年）　昭55　文春文庫
北国の春（解＝福田宏年）　昭55　講談社文庫
戦国城砦群　昭55　文春文庫
西域　人物と歴史＊（解＝福田宏年）　昭55　現代教養文庫
自選井上靖詩集（解＝大岡信）　昭56　旺文社文庫
月光（解＝福田宏年）　昭56　文春文庫
四季の雁書＊　昭56　聖教文庫
若き怒濤（解＝福田宏年）　昭56　文春文庫
道・ローマの宿（解＝秦恒平）　昭56　新潮文庫
わが文学の軌跡（解＝福田宏年）　昭56　中公文庫
遠い海（解＝福田宏年）　昭57　文春文庫
兵鼓（解＝福田宏年）　昭57　文春文庫
故里の鏡（解＝福田宏年）　昭57　中公文庫
流沙　上下（解＝諏訪正人）　昭57　文春文庫
遺跡の旅・シルクロード　昭57　新潮文庫
歴史小説の周囲　昭58　講談社文庫

歴史の光と影　昭58　講談社文庫
井上靖全詩集（解＝宮崎健三）　昭58　新潮文庫
西域をゆく＊（解＝陳舜臣）　昭58　潮文庫
きれい寂び（解＝福田宏年）　昭59　集英社文庫
本覚坊遺文（解＝高橋英夫）　昭59　講談社文庫
忘れ得ぬ芸術家たち（解＝高階秀爾）　昭61　新潮文庫
アレキサンダーの道＊　昭61　文春文庫
私の西域紀行　上下（解＝田川純三）　昭62　文春文庫
異国の星　上下（解＝福田宏年　年＝井口一男）　昭62　講談社文庫
星よまたたけ（解＝福田宏年）　昭63　新潮文庫
河岸に立ちて（解＝大岡信）　平1　新潮文庫
カルロス四世の家族　平1　中公文庫

おろしや国酔夢譚　平3　徳間文庫
わが一期一会　平5　知的生きかた文庫（三笠書房）
石濤（解＝曾根博義）　平6　新潮文庫
孔子（解＝曾根博義）　平7　新潮文庫
わが母の記（解＝松原新一　年＝曾根博義）　平9　文芸文庫
補陀落渡海記（解＝曾根博義　年＝曾根博義）　平12　文芸文庫
異域の人・幽鬼　井上靖歴史小説集（解＝曾根博義　年＝曾根博義）　平16　文芸文庫
楊貴妃伝（解＝曾根博義）　平16　講談社文庫
現代語訳　舞姫＊（解＝山崎一穎）　平18　ちくま文庫

【単行本】は原則として初刊本に限った。／【全集・作品集】の項で各種文学全集中の井上靖集の類は省いた。／【文庫】は現在品切れのものも含めて既刊のすべてをあげたが、改版については省略した。／文庫と称しても判型が通常の文庫判と異なるもの、また判型は文庫判でも「――文庫」という名称を用いていないものは省いた。／原則として共著は省いたが、とくに掲げたものには＊印を付した。／解＝解説、年＝年譜を示す。

（作成・曾根博義）

本書は、新潮社刊『井上靖全集』第二十二巻（一九九七年二月刊）を底本とし、多少ふりがなを加えました。本文中明らかな誤植と思われる箇所は正しましたが、原則として底本に従いました。

本覚坊遺《ほんかくぼうい》文《ぶん》

井上靖《いのうえやすし》

二〇〇九年一月一〇日第一刷発行
二〇二五年三月一八日第一二刷発行

発行者——篠木和久
発行所——株式会社 講談社
東京都文京区音羽2・12・21 〒112-8001
電話 編集（03）5395・3513
販売（03）5395・5817
業務（03）5395・3615

デザイン—菊地信義
印刷——株式会社KPSプロダクツ
製本——株式会社国宝社
本文データ制作—講談社デジタル製作

©Shūichi Inoue 2009, Printed in Japan

定価はカバーに表示してあります。

落丁本・乱丁本は購入書店名を明記のうえ、小社業務宛にお送りください。送料は小社負担にてお取替えいたします。なお、この本の内容についてのお問い合せは文芸文庫（編集）宛にお願いいたします。
本書のコピー、スキャン、デジタル化等の無断複製は著作権法上での例外を除き禁じられています。本書を代行業者等の第三者に依頼してスキャンやデジタル化することはたとえ個人や家庭内の利用でも著作権法違反です。

講談社
文芸文庫

ISBN978-4-06-290036-2

講談社文芸文庫

青木 淳 選	建築文学傑作選	青木 淳——解
青山二郎	眼の哲学｜利休伝ノート	森 孝——人／森 孝——年
阿川弘之	舷燈	岡田 睦——解／進藤純孝——案
阿川弘之	鮎の宿	岡田 睦——年
阿川弘之	論語知らずの論語読み	高島俊男——解／岡田 睦——年
阿川弘之	亡き母や	小山鉄郎——解／岡田 睦——年
秋山 駿	小林秀雄と中原中也	井口時男——解／著者他——年
芥川龍之介	上海游記｜江南游記	伊藤桂一——解／藤本寿彦——年
芥川龍之介 谷崎潤一郎	文芸的な、余りに文芸的な｜饒舌録ほか 芥川vs.谷崎論争　千葉俊二編	千葉俊二——解
安部公房	砂漠の思想	沼野充義——人／谷 真介——年
安部公房	終りし道の標べに	リービ英雄-解／谷 真介——案
安部ヨリミ	スフィンクスは笑う	三浦雅士——解
有吉佐和子	地唄｜三婆 有吉佐和子作品集	宮内淳子——解／宮内淳子——年
有吉佐和子	有田川	半田美永——解／宮内淳子——年
安藤礼二	光の曼陀羅 日本文学論	大江健三郎賞選評-解／著者——年
安藤礼二	神々の闘争　折口信夫論	斎藤英喜——解／著者——年
李 良枝	由熙｜ナビ・タリョン	渡部直己——解／編集部——年
李 良枝	石の聲 完全版	李 栄——解／編集部——年
石川桂郎	妻の温泉	富岡幸一郎-解
石川 淳	紫苑物語	立石 伯——解／鈴木貞美——案
石川 淳	黄金伝説｜雪のイヴ	立石 伯——解／日高昭二——案
石川 淳	普賢｜佳人	立石 伯——解／石和 鷹——案
石川 淳	焼跡のイエス｜善財	立石 伯——解／立石 伯——年
石川啄木	雲は天才である	関川夏央——解／佐藤清文——年
石坂洋次郎	乳母車｜最後の女 石坂洋次郎傑作短編選	三浦雅士——解／森 英一——年
石原吉郎	石原吉郎詩文集	佐々木幹郎-解／小柳玲子——年
石牟礼道子	妣たちの国 石牟礼道子詩歌文集	伊藤比呂美-解／渡辺京二——年
石牟礼道子	西南役伝説	赤坂憲雄——解／渡辺京二——年
磯﨑憲一郎	鳥獣戯画｜我が人生最悪の時	乗代雄介——解／著者——年
伊藤桂一	静かなノモンハン	勝又 浩——解／久米 勲——年
伊藤痴遊	隠れたる事実 明治裏面史	木村 洋——解
伊藤痴遊	続 隠れたる事実 明治裏面史	奈良岡聰智-解
伊藤比呂美	とげ抜き　新巣鴨地蔵縁起	栩木伸明——解／著者——年

▶解=解説　案=作家案内　人=人と作品　年=年譜を示す。　2025年2月現在

講談社文芸文庫

稲垣足穂——稲垣足穂詩文集　高橋孝次——解／高橋孝次——年
稲葉真弓——半島へ　木村朗子——解
井上ひさし-京伝店の烟草入れ 井上ひさし江戸小説集　野口武彦——解／渡辺昭夫——年
井上靖——補陀落渡海記 井上靖短篇名作集　曾根博義——解／曾根博義——年
井上靖——本覚坊遺文　高橋英夫——解／曾根博義——年
井上靖——崑崙の玉|漂流 井上靖歴史小説傑作選　島内景二——解／曾根博義——年
井伏鱒二——還暦の鯉　庄野潤三——人／松本武夫——年
井伏鱒二——厄除け詩集　河盛好蔵——人／松本武夫——年
井伏鱒二——夜ふけと梅の花|山椒魚　秋山 駿——解／松本武夫——年
井伏鱒二——鞆ノ津茶会記　加藤典洋——解／寺横武夫——年
井伏鱒二——釣師・釣場　夢枕 獏——解／寺横武夫——年
色川武大——生家へ　平岡篤頼——解／著者——年
色川武大——狂人日記　佐伯一麦——解／著者——年
色川武大——小さな部屋|明日泣く　内藤 誠——解／著者——年
岩阪恵子——木山さん、捷平さん　蜂飼 耳——解／著者——年
内田百閒——百閒随筆 II 池内紀編　池内 紀——解／佐藤 聖——年
内田百閒——[ワイド版]百閒随筆 I 池内紀編　池内 紀——解
宇野浩二——思い川|枯木のある風景|蔵の中　水上 勉——解／柳沢孝子——案
梅崎春生——桜島|日の果て|幻化　川村 湊——解／古林 尚——案
梅崎春生——ボロ家の春秋　菅野昭正——解／編集部——年
梅崎春生——狂い凧　戸塚麻子——解／編集部——年
梅崎春生——悪酒の時代 猫のことなど —梅崎春生随筆集—　外岡秀俊——解／編集部——年
江藤淳——成熟と喪失 —"母"の崩壊—　上野千鶴子-解／平岡敏夫——案
江藤淳——考えるよろこび　田中和生——解／武藤康史——年
江藤淳——旅の話・犬の夢　富岡幸一郎-解／武藤康史——年
江藤淳——海舟余波 わが読史余滴　武藤康史——解／武藤康史——年
江藤淳・蓮實重彥——オールド・ファッション 普通の会話　高橋源一郎-解
遠藤周作——青い小さな葡萄　上総英郎——解／古屋健三——案
遠藤周作——白い人|黄色い人　若林 真——解／広石廉二——年
遠藤周作——遠藤周作短篇名作選　加藤宗哉——解／加藤宗哉——年
遠藤周作——『深い河』創作日記　加藤宗哉——解／加藤宗哉——年
遠藤周作——[ワイド版]哀歌　上総英郎——解／高山鉄男——案
大江健三郎-万延元年のフットボール　加藤典洋——解／古林 尚——案

講談社文芸文庫

大江健三郎-叫び声　新井敏記──解／井口時男──案
大江健三郎-みずから我が涙をぬぐいたまう日　渡辺広士──解／高田知波──案
大江健三郎-懐かしい年への手紙　小森陽一──解／黒古一夫──案
大江健三郎-静かな生活　伊丹十三──解／栗坪良樹──案
大江健三郎-僕が本当に若かった頃　井口時男──解／中島国彦──案
大江健三郎-新しい人よ眼ざめよ　リービ英雄-解／編集部───年
大岡昇平──中原中也　粟津則雄──解／佐々木幹郎-案
大岡昇平──花影　小谷野 敦──解／吉田凞生──年
大岡 信───私の万葉集一　東 直子───解
大岡 信───私の万葉集二　丸谷才一──解
大岡 信───私の万葉集三　嵐山光三郎-解
大岡 信───私の万葉集四　正岡子規──附
大岡 信───私の万葉集五　高橋順子──解
大岡 信───現代詩試論｜詩人の設計図　三浦雅士──解
大澤真幸──〈自由〉の条件
大澤真幸──〈世界史〉の哲学 1　古代篇　山本貴光──解
大澤真幸──〈世界史〉の哲学 2　中世篇　熊野純彦──解
大澤真幸──〈世界史〉の哲学 3　東洋篇　橋爪大三郎-解
大澤真幸──〈世界史〉の哲学 4　イスラーム篇　吉川浩満──解
大西巨人──春秋の花　城戸朱理──解／齋藤秀昭──年
大原富枝──婉という女｜正妻　高橋英夫──解／福江泰太──年
岡田 睦───明日なき身　富岡幸一郎-解／編集部───年
岡本かの子-食魔 岡本かの子食文学傑作選 大久保喬樹編　大久保喬樹-解／小松邦宏──年
岡本太郎──原色の呪文 現代の芸術精神　安藤礼二──解／岡本太郎記念館-年
小川国夫──アポロンの島　森川達也──解／山本恵一郎-年
小川国夫──試みの岸　長谷川郁夫-解／山本恵一郎-年
奥泉 光───石の来歴｜浪漫的な行軍の記録　前田 塁───解／著者────年
奥泉 光／群像編集部 編-戦後文学を読む
大佛次郎──旅の誘い 大佛次郎随筆集　福島行一──解／福島行一──年
織田作之助-夫婦善哉　種村季弘──解／矢島道弘──年
織田作之助-世相｜競馬　稲垣眞美──解／矢島道弘──年
小田 実───オモニ太平記　金 石 範──解／編集部───年
小沼 丹───懐中時計　秋山 駿───解／中村 明───案

小沼丹——小さな手袋　中村 明——人／中村 明——年
小沼丹——村のエトランジェ　長谷川郁夫—解／中村 明——年
小沼丹——珈琲挽き　清水良典——解／中村 明——年
小沼丹——木菟燈籠　堀江敏幸——解／中村 明——年
小沼丹——藁屋根　佐々木 敦——解／中村 明——年
折口信夫——折口信夫文芸論集 安藤礼二編　安藤礼二——解／著者——年
折口信夫——折口信夫天皇論集 安藤礼二編　安藤礼二——解
折口信夫——折口信夫芸能論集 安藤礼二編　安藤礼二——解
折口信夫——折口信夫対話集 安藤礼二編　安藤礼二——解／著者——年
加賀乙彦——帰らざる夏　リービ英雄—解／金子昌夫——案
葛西善蔵——哀しき父|椎の若葉　水上 勉——解／鎌田 慧——案
葛西善蔵——贋物|父の葬式　鎌田 慧——解
加藤典洋——アメリカの影　田中和生——解／著者——年
加藤典洋——戦後的思考　東 浩紀——解／著者——年
加藤典洋——完本 太宰と井伏 ふたつの戦後　與那覇 潤——解／著者——年
加藤典洋——テクストから遠く離れて　高橋源一郎—解／著者・編集部—年
加藤典洋——村上春樹の世界　マイケル・エメリック—解
加藤典洋——小説の未来　竹田青嗣——解／著者・編集部—年
加藤典洋——人類が永遠に続くのではないとしたら　吉川浩満——解／著者・編集部—年
加藤典洋——新旧論 三つの「新しさ」と「古さ」の共存　瀬尾育生——解／著者・編集部—年
金井美恵子-愛の生活|森のメリュジーヌ　芳川泰久——解／武藤康史——年
金井美恵子-ピクニック、その他の短篇　堀江敏幸——解／武藤康史——年
金井美恵子-砂の粒|孤独な場所で 金井美恵子自選短篇集　磯﨑憲一郎—解／前田晃——年
金井美恵子-恋人たち|降誕祭の夜 金井美恵子自選短篇集　中原昌也——解／前田晃——年
金井美恵子-エオンタ|自然の子供 金井美恵子自選短篇集　野田康文——解／前田晃——年
金井美恵子-軽いめまい　ケイト・ザンブレノ—解／前田晃——年
金子光晴——絶望の精神史　伊藤信吉——人／中島可一郎—年
金子光晴——詩集「三人」　原 満三寿——解／編集部——年
鏑木清方——紫陽花舎随筆 山田肇選　鏑木清方記念美術館—年
嘉村礒多——業苦|崖の下　秋山 駿——解／太田静一——年
柄谷行人——意味という病　絓 秀実——解／曾根博義——案
柄谷行人——畏怖する人間　井口時男——解／三浦雅士——案
柄谷行人編-近代日本の批評 I 昭和篇上
柄谷行人編-近代日本の批評 II 昭和篇下

柄谷行人編	近代日本の批評 Ⅲ 明治・大正篇	
柄谷行人	坂口安吾と中上健次	井口時男—解／関井光男—年
柄谷行人	日本近代文学の起源 原本	関井光男—年
柄谷行人 中上健次	柄谷行人中上健次全対話	高澤秀次—解
柄谷行人	反文学論	池田雄一—解／関井光男—年
柄谷行人 蓮實重彥	柄谷行人蓮實重彥全対話	
柄谷行人	柄谷行人インタヴューズ1977-2001	
柄谷行人	柄谷行人インタヴューズ2002-2013	丸川哲史—解／関井光男—年
柄谷行人	［ワイド版］意味という病	絓 秀実—解／曾根博義—案
柄谷行人	内省と遡行	
柄谷行人 浅田彰	柄谷行人浅田彰全対話	
柄谷行人	柄谷行人対話篇Ⅰ 1970-83	
柄谷行人	柄谷行人対話篇Ⅱ 1984-88	
柄谷行人	柄谷行人対話篇Ⅲ 1989-2008	
柄谷行人	柄谷行人の初期思想	國分功一郎-解／関井光男・編集部-年
河井寛次郎	火の誓い	河井須也子-人／鷺 珠江—年
河井寛次郎	蝶が飛ぶ 葉っぱが飛ぶ	河井須也子-解／鷺 珠江—年
川喜田半泥子	随筆 泥仏堂日録	森 孝一—解／森 孝一—年
川崎長太郎	抹香町｜路傍	秋山 駿—解／保昌正夫—年
川崎長太郎	鳳仙花	川村二郎—解／保昌正夫—年
川崎長太郎	老残｜死に近く 川崎長太郎老境小説集	いしいしんじ-解／齋藤秀昭—年
川崎長太郎	泡｜裸木 川崎長太郎花街小説集	齋藤秀昭—解／齋藤秀昭—年
川崎長太郎	ひかげの宿｜山桜 川崎長太郎「抹香町」小説集	齋藤秀昭—解／齋藤秀昭—年
川端康成	一草一花	勝又 浩—人／川端香男里-年
川端康成	水晶幻想｜禽獣	高橋英夫—解／羽鳥徹哉—案
川端康成	反橋｜しぐれ｜たまゆら	竹西寛子—解／原 善—案
川端康成	たんぽぽ	秋山 駿—解／近藤裕子—案
川端康成	浅草紅団｜浅草祭	増田みず子-解／栗坪良樹—案
川端康成	文芸時評	羽鳥徹哉—解／川端香男里-年
川端康成	非常｜寒風｜雪国抄 川端康成傑作短篇再発見	富岡幸一郎-解／川端香男里-年
上林暁	聖ヨハネ病院にて｜大懺悔	富岡幸一郎-解／津久井 隆—年